跨越山海

穆耕林　著

江苏凤凰文艺出版社

图书在版编目（CIP）数据

跨越山海 / 穆耕林著. -- 南京 : 江苏凤凰文艺出版社, 2025. 1. -- ISBN 978-7-5594-8415-4

Ⅰ. I267.1

中国国家版本馆CIP数据核字第20245MY823号

跨越山海

穆耕林　著

出 版 人	张在健
责任编辑	唐　婧
插　　图	陶一凡
装帧设计	融蓝文化
责任印制	杨　丹
出版发行	江苏凤凰文艺出版社
	南京市中央路165号，邮编:210009
网　　址	http://www.jswenyi.com
印　　刷	苏州市越洋印刷有限公司
开　　本	880毫米×1230毫米　1/32
印　　张	5.625
字　　数	75千字
版　　次	2025年1月第1版
印　　次	2025年1月第1次印刷
书　　号	ISBN 978-7-5594-8415-4
定　　价	60.00元

江苏凤凰文艺版图书凡印刷、装订错误，可向出版社调换，联系电话 025-83280257

人间路，山海情

洪银兴

耕林博士是我们南京大学商学院的毕业生，从经济学硕士到经济学博士，他前后在南京大学经济学系学习十年，作为他的经济学专业研究生导师，从 1994 年至今已经三十年了，我对他可以说是十分了解的。在此之前，耕林博士是医学学士和医学硕士，曾经当过医生。

读了耕林博士《跨越山海》的文稿，有一个特别深刻的印象，那就是他特有的知识结构和学术素养对他的思想和工作影响至深。经济学是经世济民之学，中国特色社会主义市场经济理论，就是借鉴现代经济学理论，结合中国实际形成的经世济民之学，中国的经济学学子就是应该有这种情怀；医学是遵循生命至上理念，寻找护佑生命之道的学问，当医生也需要有悲悯天下的情怀。这两种情怀都是护民之情，都是以社会需要为怀。经济学研究以一切可能的因素为变量，强调系统而严谨，相似的，医学研究、医学的临床运用，甚至医院管理也需要强调系统、周全、严谨，共同的地方是都需要比较务实，都是对真实世界的研究。所以，耕林博士的文稿充分体现了经济学理论强有力的解释性，体现了医学的知识解释力；更体现了藏于其中的为民情怀和严谨深刻的思维习惯。

耕林博士是幸运的，学习经济学专业让他在中国历史上空前的四十多年的改革开放的壮阔进程中更好地成为国家发展和社会进步的参与者、推动者；学习医学专业并回到医疗系统工作，又让他有机会以自己的方式参与作为新质生产力重要方面的，人类发展史上最重要的行业之一——生物医药产业。当然，还有正全面向我们走来的人工智能和信息技术浪潮，也在赋能和改写我们所从事和关注的事业和社会，极大地将我们的研究视野引向未来的景象。

耕林博士是务实的，几十年来他的工作经历大部分是在市县以下基层单位，这养成了他稳健和实事求是的工作风格，凡事都要先研究清楚，研究都偏好哲理，哲理成了他的信条，自然而然地"研究性思考，创造性工作"也成了他的习惯，也是他的自我要求，也是他抓基层治理、研究基层治理的工作基础和他的生活基础。

耕林博士是勤勉的，勤奋工作，勤奋思考，勤奋写作。据了解他现在通过结合经济学、管理学、社会学等理论和工作实践经验，研究构建新医改背景下的公立医院治理的理论框架，并将这一理论运用到公立医院管理实践的场景中进行机制性研究和路径研究。这是一个重要的领域，耕林博士是这一研究领域的开拓者,相信会对我国医院管理学科的建设,对我国医改和健康中国建设大有裨益。

耕林博士始终对改革开放充满热情,坚信改革开放是中国式现代化的必由之路,他的文章中随处都是对改革开放的记录和感悟,不论是从社会角度,还是从生活角度,还是从学科发展角度,里里外外写的都是改革开放,前前后后讲的都是历史变迁。新时代守正创新,向未来坚毅前行,只有时代的人生,没有个人的时代,各门社会科学都很重要,但融入工作和生活中的哲理和感悟总是能让我们的内心变得真正丰富,让我们的社会变得更加美好。

作者系南京大学原党委书记、南京大学资深人文教授。

情满于山　意溢于海

胡金波

我因工作关系与耕林同志相识。相似的学习和工作经历，相近的岗位和职责使命，加之他又是南京大学校友，天然地缩短了我们彼此的距离，亲切之情油然而生，信任之感不期而至，真是"同样的感受给了我们同样的渴望"。

耕林同志是一位"闻鼓起舞，击鼓上楼"的人。在繁忙工作之余，笔耕不辍，笃行不怠，以简洁的文字将自己近年来的所见所闻、所思所想、所悟所得记录下来，以《跨越山海》为题，分为四辑汇编成册。每辑既相互独立，又融成一体。通篇充满着哲思，以小见大；洋溢着执着，以简驭繁；流淌着乐趣，以情入理。醒目别致的题目使人关注，通俗易懂的表述让人遐想，厚重平实的内容启人深思。字里行间凸显着观察生活的独特视角、品味生活的思考轨迹、热爱生活的积极态度，一番止不住的"跨越山海"之求、一股使不完的"跨越山海"之力、一腔道不尽的"跨越山海"之情跃然纸上。怎样"跨越山海"呢？他书中告诉我们：

一是要跨"文明"之山、越"雾雨"之海。文明的一个重要标志就是把人当人来尊重。尊重的前提是"感知分寸"。他从"分寸缺失的悲剧"中深悟出"分寸是一种智慧"，体现在恰到好处上；"分寸是一种平衡"，体现在防止"过犹不及"上；"分寸是一种修养"，体现在适可而止上。分寸不但是做人的最高境界，而且也是做事必备的最大学问。只有把握好做人做事的分寸，不越雷池，不卑不亢，不矜不伐，才能"从心所欲，不逾矩"。尊重的关键是避免"接触不良"。

他从"电器接触不良"引申出作为一种文化现象的"接触不良",从感叹"不同的不良,相同的无奈"之中,鲜明地提出"拒绝'接触不良',从换位思考开始"。就如庄子所言"常宽容于物,不削于人,可谓至极"。尊重的要诀是吃透"沉没成本"。既没有不散的筵席,也没有免费的午餐。从某种意义上来说,决策的过程是平衡收益、成本和风险的过程。沉没成本具有"已经发生"和"无法收回"的双重属性。这就要求人们干事创业既要认清"影响选择的变量""主动总比被动好",自觉上好"降低沉没成本的必修课",从而进一步加深了我们对"没有哪一次巨大的历史灾难不是以历史的进步为补偿"的理解。

二是要跨"时光"之山、越"变迁"之海。时光就是时间,时间是物质运动、变化的持续性、顺序性的存在形式。他从人生、情绪、市场的视角体悟出"时间的多重价值",从时间的快慢、长短、多少和不可逆中，倍感时间之易逝，深觉时间之宝贵。正确认识时间，就是要把时间视为速度、看成力量；十分珍惜时间，就是要把浪费时间视为"谋财害命、慢性自杀"；科学利用时间，就是要把一切节约视为时间的节约。于细微之处见精神。他透过鸡蛋这个大众日常生活中极其普通的食品，看到其在不同年代所承载的可换东西、可作为礼品、可产业化、可观察物价、可寻找乡愁、可作为药品原料、可体现孝心等功能的转换，不言而喻地折射出改革开放以来我国社会所发生的巨大变化。认为"看清了鸡蛋也就看清了时代、看清了生活"，让人时不我待、时不再来的紧迫感悄然而生。在时间的长河中，把"融合生长"看成"这个世界最壮丽的诗篇"。分工与融合"是一个硬币的两面"，推动融合必须立足时代性、把握规律性、增强主动性。"融合的智慧"体现在与时俱进的"竞合"、先立后破的"结合"、因地制宜的"混合"、分类指导的

"融合"、要素协同的"汇合",给人一种醍醐灌顶之感。

三是要跨"见微"之山、越"知著"之海。见微知著就是"见微以知萌,见端以知末"。他结合自己的经历,认为只有把握好"是非""得失""利弊"的标准,才能作出正确判断,做到窥一斑而知全豹、观滴水而知沧海;才能作出科学选择,做到明者因时而变、知者随事而制。提高"见微知著"的本领必须提高认知能力,这是"比操作能力更高的能力"。既不能因举轻若重,而"小题大做",也不能因举重若轻,而忽视影响全局的"小问题"的解决。见微知著必须处理好简单和复杂的关系,关键"在复杂中坚守简单,在简单中驾驭复杂"。他认为处理复杂问题需要强化"坚持政治正确、占领道德高地、维护规则权威、方法科学有效、操作步骤严谨"五个支撑。唯有如此,才能在"乱花渐欲迷人眼"的现实生活中,收到"删繁就简三秋树"之功效。

"做人可以简单,但不能幼稚;做人需要复杂,但要有格局。"唯有如此,才能体验到"斜阳照墟落,穷巷牛羊归"的悠闲之得、听闻到"荷风送香气,竹露滴清响"的天籁、感受到"空山不见人,但闻人语响"的空旷之美。他是养花爱好者,在以养花而悟人生方面颇有心得,别具一格地把见微知著的要求寓于"花园的道与理"之中。从"花园是模拟的自然"中得出"保护细小何止是人类""换赛道不能挡了别人的道""修树犹如教育孩子""有特长的人机会总会是多的"等做人的真谛和做事的智慧,真是"绵绵细雨吻花蕊,缕缕春风抚柳丝"。

耕林同志是一位"登山则情满于山,观海则意溢于海"的人。在《春风又绿江南岸》一文中,他表达了对王安石这位"中国十一世纪的改革家"的崇敬,在对千年误解"明月何时照我还"解读的同时,对王安石变法失败原因进行分析。我感到,他的内心深处有一个坚强的信念:

坚持改革开放，是我们的强国之路。只有改革开放，才能发展中国、发展社会主义、发展马克思主义。他自谦"不怎么会唱歌"，但他在歌声中健康成长、走向成熟、渐入成功，在歌声中认识了时代、融入了时代。从《南泥湾》到《在希望的田野上》，从《三月里的小雨》到《走过咖啡屋》，从《再回首》到《好汉歌》，这些"独一无二的歌"中，感悟、践行、实现"鼓楼之约"——"不为良医，则为良相"。

祝愿耕林在穿越"文明雾雨"、追赶"时光变迁"、保持"见微知著"的"跨越山海"的新征程上，不忘、不负"鼓楼之约"，为以中国式现代化全面推进中华民族伟大复兴作出新的贡献。

作者系江苏省政协原副主席、南京大学原党委书记。

目 录

第一辑 文明雾雨

感知分寸：小心思大文明 / 003

接触不良：文明的缺憾 / 012

沉没成本：倒着看的文明 / 022

肥瘦之间：审美、心态与人生 / 030

第二辑 时光变迁

人生、情绪、市场：时间的多重价值 / 041

鸡蛋、命运、时代：鸡蛋的多次变幻 / 050

分工、融合、本源：融合的多维秘密 / 059

第三辑　　见微知著

判断和选择：人生判断题，选择定乾坤 / 071

复杂与简单：在复杂中坚守简单，在简单中驾
　　驭复杂 / 082

花园的道和理：道在人性，理喻人生 / 091

互动与进步：热门人文社会科学的显学之路 / 099

一口饭的情和思 / 109

第四辑　　跨越山海

春风又绿江南岸 / 119

独一无二的歌 / 129

鼓楼之约 / 140

开花的季节 / 151

第一辑

文明雾雨

感知分寸：小心思大文明

分寸缺失的悲剧

2024年春节贺岁档，张艺谋导演的电影《第二十条》故事的原型是昆山反杀案，案中于海明骑着自行车和一辆宝马车在一个路口发生轻微碰撞，宝马车车主刘海龙拿砍刀连续击打自行车车主于海明，结果被于海明夺刀反杀。这是2018年轰动全国的一个案件，在全体网民的关注下，判于海明无罪，为正当防卫。案情显示，如果不是宝马车主对碰擦事故的过度反应，以至于持刀伤人，也不会被反杀；自行车车主于海明在紧急情况下的反应是无法预料的。虽然法院判于海明无罪,并且该案件的判决对中国司法实践有进步意义,但一条生命没有了,以悲剧上演结束冲突,于海明也背负了巨大风险和心理负担。这里我们可以看到,分寸的把握是多么重要。在这里,分寸就是生命,分寸就是法律。当然,日常生活中,我们经常遇到类似如何把握分寸的情况。例如,当人们抓到一个小偷,情急之下,打他两个耳光,大家都会觉得合适,但如果趁机打断小偷的腿,大家都会说太过分了。这里讲的也是分寸。

分寸既是一个主观的东西,也是一个客观的东西。不同的人对分寸的理解不一样,但所有的人对分寸的需求和把握都是客观存在的。分寸是人类社会之所以呈现有序性的重要内在机制,也是人们生存过程中演化出的智慧。大自然有没有像人类一样的分寸,我们今天不讨论。我们说的分寸当然是以人为中心的,可感受的舒适感和距离感。

分寸是主动的选择

人和自然的分寸感，大到我们努力保护生物的多样性，这样的分寸讲的是人与自然的和谐，小到一个盆景在装点人们生活的同时，是不是侵犯到主人舒适的生活空间。以此为依据，人们筛选出适合各地的花木品种，或行道树，或花园草木，或山水盆景。如紫藤和凌霄就不适合种在窗前，因为它们会疯长，影响人们的生活，少了分寸感。而金银花栽在院子里倒是能很知趣地慢慢地长，而且花期很长，显得很有分寸。植物之间的分寸是由大自然自动调节的，但人类主导条件下的动植物密度大小也一定要遵循自然的规律，这种分寸感把握得如何，最终会影响到人们的福利。如我们城市的行道树，近些年来，为了初始建设的效果显现而急功近利，为了马上就能见到所谓效果，往往植树密度过高，但这会影响树的

凌霄，你的分寸感在哪里？

后期生长；又如一个养猪场如果规模过大，突破规模边界，环境容量不足瘟疫风险就会增加，会影响养殖安全和生态安全。

人和人之间的分寸感则要复杂得多，对这种分寸的把握既需要智慧，也需要修养，它源于人都是独立的个体，而人们之间又是相互联系的。独立性要尊重，相互联系又是客观需要，于是分寸就成了一个课题。人们之间的分寸，有礼尚往来的分寸，有信息交流的分寸，有职场的各种分寸，这些分寸或源于经验，或源于智慧，或源于道德，或源于利益。例如，和人交往，不能交浅言深；讲话要考虑对方感受，要及时中止对方不舒适的话题，讲话要有分寸。

有时分寸感也是一种比较，因为分寸可带来满足感甚至幸福感。父母辈就有"少吃多滋味"的说法，就是说，好的东西，也不能多吃，少吃点才能体会到食物的美好。可见，不管是在物质匮乏的年代，还是在物质丰裕的当代，幸福感是比较出来的，分寸是相对的。在物质充裕的年代，吃饭七分饱，穿衣冷热有度，则有利于健康。人的交往中，给予或接受多少合适也是相对的，如同等资源下为增加别人对你的印象，可以让美好的事物简单重复，一束玫瑰花有时比一束有搭配的花要更能拉近人与人的距离；每次都带同样的伴手礼则会让人感觉你的不用心或不重视；远超出对方需求的给予，不管礼物的价值高低，都会让人感到不安或不适。

分寸也分正能量负能量

有时对分寸的把握也是一种智慧。社会上流行的所谓"升米恩"和"斗米仇"的说法，讲的就是帮人的智慧。俗话说"救急不救穷"，帮人和救人都得有分寸，帮人永远是暂时的。你本着"好心"尽量多给了，可能会让受助者把帮助的"不确定性"误读为"确定性"心安理得地受用着。当"好心"并不能保证"确定性"时,受助者就会失望和埋怨,甚至对你产生否定心理。职场上的上下级关系也需要把握分寸,就下级工作上服务上级而言,"到位不越位,精细不庸俗,规范不呆板"的分寸就是智慧。这种智慧有时候还体现在我们在有限条件下,怎么样追求收益最大化,如对做事速度和质量关系的平衡把握,有的人为了追求完美,往往过多牺牲了速度,从而使质量也失去了意义。

工作中,有时分寸也是一种平衡,所谓"弹钢琴",就是不能只盯住一件事做,要学会统筹。有时候分寸也包括对工作力度大小的把握。主要因为事情都是多面的,在认识不到位的情况下做过了头,反而就没有调整的余地了。分寸其实也讲究效果导向,判断是否有分寸,关键看效果好不好。工作中,分寸更多时候也体现了实事求是的精神。古代人的中庸之道,其内核也是对分寸的把握。

有时分寸也是一种修养，一种自觉，好的分寸和把握好分寸，是需要以正确的三观为基础的，衣着得体是分寸，言行举止能做到润物细无声是分寸。有些分寸还要判断社会发展的进程和法律法规的现状，以及综合各种变量的情况才能把握好，更多的时候是要活得通透才能把握住分寸。

有时候分寸也会成为一种工具，或无意或刻意。当一个人初入道时，他表现出的分寸感更多是一种谨慎，这样的分寸大多是一种自我保护。当一个人过于明显和某人或某事保持所谓的分寸，这种分寸实际上就是一种态度的体现，这时候分寸就是一种精确。有时候社会组织中有些人待人接物的分寸只是一种习惯或面具，特别是，有些人刻意展示的分寸，是想打造自己的所谓权威，甚至经常为此"装神弄鬼"，别人看得清清楚楚，他还自以为聪明。

可见，分寸有正能量的，也有负能量的，有

正面的也有反面的，有健康的也有不健康的，有正常的也有不正常的，有文明的也有不文明的。当然，一个人在社会中位置的不同或工作模式的不同，也影响着他对分寸的理解，一个客观上只是以自我为中心的人，他分寸感的坐标也一定是偏离的。

换位思考是正确把握分寸、感知分寸的基点，提高认知是感知愉快、感知幸福的路径。

接触不良：文明的缺憾

电器接触不良：工业文明的短板

二十多年前，我作为一场重要会议的工作人员，大会里里外外，事无巨细在会前都认真检查了一下。特别是会议的话筒状态怎么样，这是会务中的核心环节，自然不敢马虎，反复检查多次，确认无误才放心。但第二天的会场上还是话筒出问题了，关键时候竟然不响了，这算是会议保障工作中的重大失误，虽然领导没有多批评，但这次话筒的接触不良事故让我印象深刻。

接触不良似乎是小事，这种物理现象日常生

活中经常见到，但它总是一不小心会给我们带来种种困扰。如家里电灯开关用一段时间就不灵敏了，导致灯泡一会儿亮一会儿不亮；用墙上的充电插座给手机充电，结果一夜下来竟然发现因为充电器不知什么时候掉下来而一点电也没有充上，可能因此而误了事。如果说接触不良导致的生活中种种"掉链子"情况会给人带来烦恼的话，那么因为电器线路的接触不良，导致电阻增加引发的火灾事故，则给人们的生命财产带来了巨大威胁和损失。

这些接触不良事件产生的原因，往往是因为产品的生产技术、生产工艺不过关，有时候是材料质量不过关。我曾经在工作中分管过工业，常常感慨为什么一些看上去小小的产品我们就是造不好。说明我们的基础工业还不够强大，我们的科技与发达国家相比还有一点差距，我们的工匠精神还不到位，还没有普及。当然，有的接触不良事件可能是使用中维护保养不够，或是前期施

哼！
地位低下。

切！
素质不高。

人家开奔驰车关你什么事，
他也是靠正当劳动挣来的！

我们要理解对方，
保护环境。

* 社会阶层的接触不良

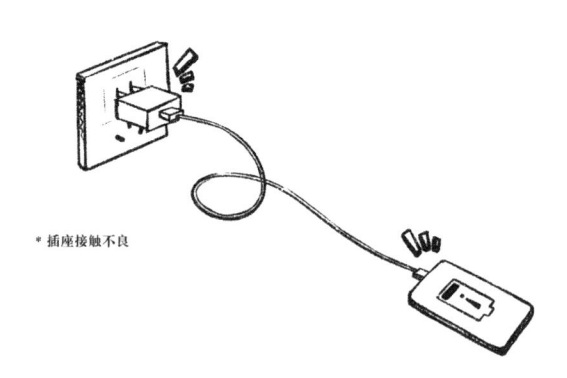

* 插座接触不良

工质量不行，这也许是因为有时候我们缺少严格的制度或者是制度的执行有问题。要成为工业强国，我们要从基础做起，要静下心来从小事做起。出现以上情况是我们笨吗？当然不是，中国人太聪明了。也许是太急功近利了，也许是缺乏敬畏之心，也许是进入工业文明的时间还太短。因此，国人出国常常是用大量的外汇买了些小小但质量上乘经久耐用的家电产品。

不同的不良，相同的无奈

"接触不良"作为一种文化现象，在社会生活中也能经常感受到。表现在人与人之间，不同人群之间，乃至国家之间的交往和相处上。一个人在社会上和人交往如果总是"接触不良"，则会影响有效关系的建立而失去各种各样的机会；一个家庭内如果父母和孩子之间"接触不良"，会影响孩子的教育和成长；一个单位如果"接触不良"的现象多了，人与人之间容易导致冷漠，在这样的环境中让人心情难以放松，感受不到温暖，甚至容易产生间隔影响和谐氛围；社会是一个有机整体，如果不同职业、不同身份、不同族群之间"接触不良"的程度太大则会影响社会的文明和进步。

拒绝"接触不良"，从换位思考开始

存在"接触不良"现象和问题的原因很多，既有个人性格、情绪、价值观、视野、格局等因素，也有利益、游戏规则、条件约束等其他因素。就个人来说，一个人在成长过程中，有个心理上优缺点同步可能会得到强化的规律，我们常常见到一种现象：如一个学生，由于自身平常和人相处不是很融洽，不太合群，但成绩还可以。这样的人，他们往往会通过取得更好的成绩，来实现竞争性的补偿性的心理平衡，但当他取得更大进步，如由学士变为硕士，由硕士变为博士，或者表现为发表更有成果的文章等其他所谓的成就时，当事人往往有意识无意识地认为，自己更有资本固守自身原有的缺点，包括人品上的瑕疵，而不是意识到适当改变自己可以让自身更完美。结果是，成就越大脾气越大，和人相处更不和谐了，其实这样的学生应该得到及时指点和帮助。

社会上这种现象也是到处存在的，如一些人职务升迁、身份变化后，一些本质的缺点因强化机制的作用在逐步暴露，以至于忘了或不习惯了亲情、友情等人世间最基本的美好东西，和别人打交道自然也就会出现"接触不良"问题。还有一种情况是，个人往往会受职业岗位等特殊性因素的影响，在社会生活中处于优势地位，一直只当甲方，从来没有当过乙方。这就使得他们往往会不自觉地形成以自我为中心的思维方式，把自己特殊的工作条件或模式当成人和人之间相处的普遍准则,不太懂得换位思考,自然和人相处的情况也就因为"接触不良"而好不到哪里去。所以我们培养今后要担当大任的人,提升其工作能力只是最基本的,关键是要让他经历所谓好单位差单位、热岗位冷岗位的不同体验,让其经历复杂环境下的思维训练,他才会心沉下去,才懂得换位思考,才会更多克服"接触不良"而提高统筹力、领导力,可惜现实中很多人不懂这个道理,在成长过程中一步也不能"吃亏",这样的人工作能力再强恐怕也不堪大用,人最大的竞争力其实是修炼和提升认知能力。一些干部交流岗位后,尽快了解和适应新岗位新情况成了必修课,所谓新官上任三把火,其对错我们在此不评论,但可行性和效果值得讨论。其实新来的领导大家对其是敏感的,从自身审美和利益可能受影响的不同角度出发,是带着情绪审视着局面的。我们知道情绪往往是非理性的,不需要理由,反正看你就是不顺眼,甚至有时候你越正确他却越生气。所以一般情况下刚到新单位，首先要做的不是提出什么理念，更不是马上决定做什么大事，而是要先理顺情绪，拆掉人们之间心理上的墙，其次是理顺关系，最后才是理清思路。可见情绪对沟通接触的影响有多大。其实，人都是有限理性的，做的很多选择出于感性，这就是为什么对待有些投票结果，我们要客观分析原因的原因。

一个人来到一个新单位工作，如何理顺情绪就很重要，有时候不是你的错，你的存在、你的竞争优势可能就让一些潜在的人紧张不适。我有个朋友刚到机关工作的时候，一个年龄比他大十多岁的同事，感觉总是对他不太友好，人前人后总是说"现在研究生不如本科生，本科生不如大专生"，并且到处找他茬儿，这让他很苦恼。一次他星期日到办公室加班，无意间听到那个同事在另一个办公室正辅导他儿子写作业。他对儿子说，孩子你要好好学习啊，爸爸办公室来了一个研究生,按政策可以一来直接定副科级干部,老爸"以工代干",才高中毕业,多吃亏啊。至此,这个朋友才恍然大悟,原来他在儿子面前说的才是实话。他自己并不觉得研究生毕业有多了不起,但别人不这么看。从此以后,他更加注意弱化和隐藏自己的优势,有时主动帮同事小孩辅导作业,终于赢得同事的接受和认可。其实职场上各种"接触不良"是无处不在的,就看你怎样化解了。

  自身心理异质强化的负效应、缺乏换位思考的修炼、忽视情绪的引导等是人们接触不良的原因,而不同族群之间的接触沟通情况可能受利益和文化影响更大一些,彼此尊重对方的文化,考虑到对方的利益才会是愉快有益的接触,这也是市场经济的精华,社会是一个生态系统,人们彼此依赖,我们遵守规则的前提下,在可以算计别人的同时,也要学会和接受别人对你的算计,也就是要遵循利益相容原则才能做到良好接触沟通。

良好沟通，有效沟通，拒绝"接触不良"蔓延，既需要我们文人精神的提升，也依赖工业文明和市场文明的进化，你说不是吗？

沉没成本：倒着看的文明

婚姻解体：沉没成本可承受？

一对小夫妻结婚五年，因生活琐事闹到离婚了，正所谓失去了才知道珍惜，离婚后女方很后悔，天天想着前夫的好，很希望复婚，这样的情况在现实生活中经常见到。为什么呢？在男方没有重大缺陷和错误的情况下，结婚五年又离婚，对女方来说沉没成本太高了。包括结婚以来两个人之间形成的默契，如女方比划一下男方就知道是什么意思，而无需展开来多说；到节假日期间应该怎么样安排男方会知道女方的需要等等；当然还有不可逆转的五年青春,也许还有一个幼儿将面临不完整家庭的生长环境。随着婚姻的解体,依附在原来婚姻关系上的种种好处都将消失沉没,当女方选择离婚的沉没成本远远大于收益时,那么等着她的一定是后悔。一对成熟夫妻在婚姻问题上之所以一定是慎重的,就是要考虑能不能承担所发生的沉没成本这个道理,当然,如果没有沉没成本这个社会将会变成什么样啊。

所谓的"沉没成本",一般来说就是因事物变化而不能移动不能带走的,会完全消失的成本。沉没成本原来是一个经济学名词,由于其解释力强大,所以现在很多领域会引用它来描述各种相关现象。沉没成本作为一种解释经济现象和社会现象的概念,如何正视它并正确运用它,对人们的选择和决定,对社会的进步和个人的幸福至关重要。

沉没成本：影响选择的第一变量

常言道"人挪活，树挪死"，但说这话是有前提的，其中最重要的就是要考虑沉没成本。"人挪活"不是随便挪，人在遇到困难时，首选的应该是解决问题，而不是选择更换岗位、单位或赛道。如果一个人频繁换工作，毫无疑问他将一事无成，因为他有的是不断的沉没成本，而没有收益的积累。只有当你换赛道带来的（包括迎接新挑战而使自身能力有所提升、事业有所转机、环境有所变化等等）收益大于你为此付出的沉没成本时，你的选择才有意义。当然，这不包括服从国家需要牺牲自己利益的情况。即使是这种情况，也是特定条件下"大我"价值观的体现。还有就是，所谓对应的"收益"有时也是一个主观的概念，如果你特别看重某一方面而愿意承担巨大沉没成本，也是理性的选择。但我们要警惕的是，不能忘了人总是"有得必有失"的道理，不能因为选择中"沉没成本"的存在而优柔寡断，有时必须及时止损。

沉没成本：主动总比被动好

沉没成本也是进步的必要代价，这样的代价表现形式也有多种，可分为主动和被动。

主动付出的沉没成本，如产业升级过程中，我们主动淘汰严重污染环境的企业，技术极低靠残酷剥削工人劳动赢利的企业，靠制假售假破坏市场秩序赢利的企业等，因此我们会损失一部分GDP。但对一般性的产业，如化工等不能简单关停，要尊重生产力发展所处阶段和经济规律，产业升级不能搞"大跃进"，要"先立后破"，新的产业形成了，旧的产业才能慢慢地淘汰，否则就会脱离实际，让经济和社会面临巨大的风险和不确定性。只有先立才能将沉没成本及次生影响降

那儿有危险,
不能去那儿!

到最低。

被动地付出沉没成本,主要表现为我们在社会治理中,经常是通过发生的"重大事件"推动社会治理进步的,如 2009 年 6 月 30 日南京江宁区发生的张明宝醉酒驾车致特大伤亡案,直接导致了我国醉驾入刑,从而极大降低了恶性交通事故的发生率。2024 年 2 月 23 日南京雨花台区电瓶车爆炸导致的火灾事故,直接推动了国家锂电池强制标准的加速出台。这两个例子中,众多相关人员用自己的生命,推动了相关领域治理的进步,可谓教训深刻。中国是个自然灾害多发的国家,总体国家安全观的确立,要求我们面对各种自然灾害的发生,要学会举一反三,推动相关治理机制化,将发生的沉没成本的正面引导效应最大化。

显然,不能因为沉没成本的发生在一定条件下也会产生一些正面效应,就忽视了沉没成本给直接承担者及社会的冲击总是带着"悲剧性"的事实。我们社会对灾难的预防和各种风险的排解的激励机制还处于起步阶段，人们往往对火灾发生后谁能不顾生命危险冲进火海抢救生命财产的人员大加宣传，奉其为英雄，但对日常工作中消除各种隐患的行为认为理所当然，甚至无人知晓。试想，在大火发生前如果有人发现火苗，并只用一盆水就将火灭了，他的贡献是不是很大？但有人会因此表扬他吗？

史无前例的中国四十多年的改革开放历程，还有一个特殊的现象，就是一大批问题官员，在为国家履职做出应有贡献的同时，也因触犯党纪国法而锒铛入狱，其中不乏能人腐败，这不仅是个人的悲剧，也是党和国家事业的损失，可以说他们最终以自己特殊的方式为改革开放做出了"特殊贡献"，实际上也是社会的沉没成本。

传承创新：降低沉没成本的必修课

还有，我们各类各级组织的新老交替也不可

避免地产生沉没成本，如何"传承创新"是我们的政治品德，也是重要课题。那些所谓新官上任三把火，只顾自己的政绩，甚至全面否定前人的成绩，而不是关注岗位的职责和所在单位的发展，不是一张蓝图绘到底，只能产生过多的不应有的沉没成本。南京作为六朝古都，东吴东晋宋齐梁陈六个朝代几乎连续定都南京，由于破坏得少，积累得多，形成了一时的文明高地，这是南京的幸运。也就是说，南京六朝时期不像历史上许多朝代更替一样，新的王朝总是对旧的宫殿付之一炬，对文化造成了巨大的破坏，也就是沉没成本没有其他朝代更替时那么大。

沉没成本可能是情感，可能是精力，可能是资本和时间，也可能是生命和健康，人们正视沉没成本、接受沉没成本、应对沉没成本，沉没成本在历史长河和现实生活中推动了社会的进步、文明的进步，沉没成本无疑是文明的垫脚石。

肥瘦之间：审美、心态与人生

说到肥瘦，人们首先想到的是体重的多少和对长得胖瘦的评价。在医学上"肥"和"胖"是表达同一程度体重含义的一个词，肥胖之前还有一个层次是超重，但为叙述方便，我还是用"肥瘦"搭配。

医学意义上的肥瘦与其说是审美原则下的选择，不如说是一种人生态度的体现。当今社会不知从什么时候开始，长得肥瘦似乎成了一个特别热门的话题，很多时候，一句"你最近好像瘦了"成了恭维人的话，听者大多很高兴地回着"真的吗"并表示感谢。当然，这大多发生在成人之间，特别是女士之间或老年人之间，年轻女人以瘦为美，甚至追求骨感，而老年人以瘦求寿，平静中追求健康。还包括那些猛然间在体检时发现健康指标突然出了问题后，开始拼命减肥的壮年男士们。肥胖的原因有很多，有的是遗传，这个要根据情况区别对待，太胖当然要治疗；有的是一方面运动不足或缺少运动，而另一方面，因各种原因吃得太多，或是应酬多，或是吃饭速度太快，当胃的反射性出现饱腹感时已经吃多了，或是因工作压力大，下意识地经常通过暴饮暴食来解压。这样能量摄入与消耗不均衡，积累下来当然要肥胖。但现在大家普遍对肥瘦的态度似乎倾向于认为瘦点好，甚至认为越瘦越好，这在几十年前几乎不敢想象，国人也就是改革开放之后才基本解决温饱问题的。现在减肥不仅成了一个热门专业，还成了一个颇具规模的产业，当然大多数人还是靠自己的毅力坚持减肥。减肥不易，所谓"美女无懒人"，能够真正减肥成功的都是靠坚强而超人的毅力，坚持节食不易，坚持运动也不易。何止女人，男人减肥同样不容易。当然，男女减肥的动力不完全一样，俗话说"男人为活命才减肥，女人减肥不要命"。其实，只要不是病态，偏肥或偏瘦一些是无所谓的，但人是社会动物，对肥瘦的态度和把握，会受到社会各种各样思潮和潜在利益影响的，甚至是绑架的。在这个意义上讲肥瘦也是一种选择，那些过于在意外表的人，或是为了追赶潮流增加自信的需要，或是为了一些窗口岗位工作需要，或是为了获得社会更多机会或"超额利润"。

有时外表的肥瘦变化也会成为亲人之间关注或关心的敏感点，父母亲看到孩子瘦了，大都要关心其原因，是身体不好，还是太过辛苦，或是生活拮据？要么就是正常的控制，就算你是主动控制体重所致，父母们还是会不假思索地说："不能搞得太瘦，差不多得了。"这里肥瘦情况成了父母观察子女身体状况、生活状态的指标，成了父母表达爱的着力点，这是父母的心态。

现代社会价值多元，是社会进步的表现，我们不可能回到唐朝以胖为美的时代，也走过了物质匮乏年代那种肥胖某种意义上是生活富裕象征的阶段，在国人客观上基本解决温饱之后，肥胖可能是导致一些"富贵病"的重要原因，同时所处的社会竞争环境内卷严重，人们会更重视挖掘外在的形象价值，可能更有商业资本为推动减肥产业的利润而带来的裹挟，导致一些人对肥瘦心态的摇摆和非理性，相信经过摇摆之后人们会回归理性，回归常态，回到健康的标尺。适合自己的就是最好的。

人的需求层次理论说明，温饱的需求解决之后人类会有更高需求，影响人们对肥瘦的把握的有很多变量，其中最重要的是审美观，社会因素影响心态，心态影响审美，审美影响人们对肥瘦的选择倾向，选择倾向影响行动，行动导致肥瘦结果，这样的逻辑和可能的机制，解释一般人对肥瘦的选择似乎是说得过去的。

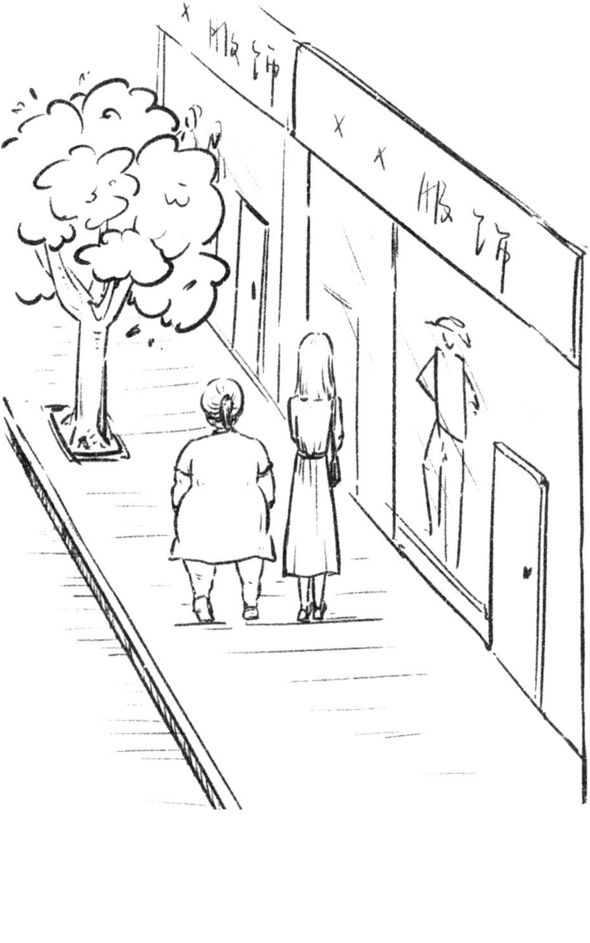
×服饰
××服饰

自古以来，人们对肥瘦两极各有所好，所谓"环肥燕瘦""短长肥瘦各有志，玉环飞燕谁敢憎"。杨玉环的肥、赵飞燕的瘦都显得很美，不同的是美人的表，相同的是美人的骨。肥瘦审美溢出到艺术上，也是一样的，不管是"吴带当风"的宽松，还是"曹衣出水"的紧窄，虽然风格不同但都受人喜爱。一个人在社会上是不是受人尊重，其实是不太看外表的，许多伟人不是帅哥美女，却魅力无限，杭州马云肯定不是俊男，但他走到哪里都是关注的焦点。这些人是因其内在的"骨"即思想和价值贡献而显得美，还有些人因其善良和美德而被社会需要和传颂。这是审美由审自然具像的美，到审无形社会的美，不同的美之间道理是相通的。说到这儿了，如果您认同以上的观点，还会只专注于身材上的肥瘦吗？至于过于追求自身外表形象，那些完全以美为资本的想法则要恢复和保持清醒，否则就会事与愿违，甚至弄出笑话。近日一个来自上海的视频，一个袒胸露乳、自以为美的女士,在人群中朝阻止她插队的人反复大喊"我长得好看,为什么需要排队?"真是让人啼笑皆非。社会需要多元,需要宽松,需要价值,正如萝卜青菜各有所爱,当然,这不是说否定整体社会上对美的追求和美的演变。

但可怕的是"楚王好细腰,宫中多饿死","齐王好紫衣,国中无异色",即所谓"上有所好,下必甚焉",或是一部分人对另一部分人的审美暴力。我们提倡的是以健康为底色,个人的肥瘦如何社会应宽容,就个体而言人们应更加自信,父母所给的就是纯天然的,不需要过度改变,不能为别人活着。

有情人之间更不应该用自己的审美标准去绑架对方,所谓"情人眼里出西施",这里应该是因为爱,而发现属于你的"美",有特色的且特别的只有你知道的美。当然也有因爱而改变个人肥瘦的,只要可及且健康都是应该叫好的。虽然美好的东西都是大家的共同追求,一个人的成长过程中,因环境条件等不同,已经种下了各自基本的审美底色,我们对此应该表示更多尊重和理解。

对身体肥瘦的态度的背后是心态,心态背后是对价值的认知,或健康价值,或情绪价值,或市场价值。不能不说,还有一种对"肥瘦"的态度,就是有些人一辈子都在和别人计较,和社会计较,对自己从事的专业"左顾右盼",对自己的工作岗位"三心二意",其本质是"挑肥拣瘦",是一种讨巧的心态,是一种浮躁的心态。有的人大学毕业后几年时间能换好几个工作岗位,有的人创业三天两头换领域,有的人工作中总是怕吃亏,既要邀功,又不愿实干。有的人,对权力敏感,对责任不敏感;对利益敏感,对职责不敏感;对风险敏感,对发展不敏感;对关系敏感,对原则不敏感;对站队敏感,对是非不敏感。这样的人其人生很难一帆风顺的,或者说很难成功的,或者说对社会是无益的。职场上这种情况已经不是心态和审美问题了,而是素质和价值观问题,这样的人处处"瘦人肥己",遇事功劳都是他的,责任都是别人的;对岗位只要利益,而不承担义务。有这样精致利己主义"肥瘦"观的人,外表再美,能说他在人心中的印象"美"吗?

第二辑

时光变迁

穿越时光之门——

人生、情绪、市场：时间的多重价值

从反抗死亡到感谢死亡

我小的时候比较顽皮，上课不好好听课，家长和老师交代的事，到规定的时间总是没有完成，自从老师宣布"谁书先背下来，谁可以先放学回家"后，我就变成了总是班上第一个先回家的，而且我背书的速度还极快。一年春天在乡村漆黑的夜里，我独自一人站在户外，发现一颗由远而近划过天空的流星，越来越小，随后就消失在我眼前的田野里。从那以后，我似乎理解了时间不可倒流，小孩子不能总是玩耍。

现在看来,谈论时间很容易,谈论时间的价值却很难,因为判断总是有争议的。时间其实本无所谓价值,和人类联系起来才有了价值,时间的价值是从人的角度说的,说时间的价值是不能跨过人类来谈的。几十年前,在读大学的时候,我曾写过一篇短文《反抗死亡》,青春年少的我突然意识到生命的有限,一辈子并没有那么漫长,有限的生命倒逼我们必须努力。可能是阅历不够,认知不足,当年对时间只是一个点上的认识,还不够立体,终究不满意,而没有写下去,这次在我经历几十年职业生涯之后再次提笔写"时间",更多是"感谢死亡",敬畏生命,算是向自己汇报,也算是还债,了却一番心愿。

时间:人生和情绪

所有的生命都是有限的,人的生命也是如此。这种有限性、稀缺性赋予了生命的无限意义。试想，假如生命是无限的，是无穷无尽的，谁还会珍惜生命？谁还会努力奋斗？生命还有什么意义？生命的有限性决定了生命的稀缺性、不可再生性，这是生命的本意，从此人便有了精神、有了思想、有了灵魂。从整体上讲，对生命意义的追求推动了人类的进化、社会的进步；从个体来说，对生命价值的珍惜，铸就了丰富的人生。所以，我们要感谢死亡，因为反抗死亡的过程中，我们开始了创造。创造是人类的本质价值。

时间的情绪价值。时间因生命属性给人类也带来最深沉的情绪体验，如人的生命周期随着大自然的周期变化而可识别地推演着，季节的变化又转换成不同色彩的更替，如春绿夏红秋黄冬白。人的生活起居周期同样地随着日出日落经历着吃饭睡觉工作的轮换，所以日月都被赋予了情绪。古人感慨寄情时间的诗词太多了，如"东边日出西边雨，道是无晴却有晴""众里寻他千百度。蓦然回首，那人却在，灯火阑珊处"。

现实中同样是红色的衣服，穿在不同的人身上，给人的感觉差别很大。穿在小姑娘身上显得活泼可爱，穿在大姑娘身上显得生机勃勃，穿在出嫁的新娘子身上则显得喜气洋洋，而穿在去世的人身上又使人们情感迥异，甚至有点恐惧，因为红色代表着活着的生命啊！葬礼上给逝去的人盖上红色的衣物，是为了说明他还活在亲人心中，死去的人似乎应该是穿黑色的衣服，与现实的差距是让人感觉异常的原因。至于天气变化、日落西山都无不影响着人们的情绪，如民间说的"起床气"，晚上原则上不探望老人等。还有，医学提示春天精神病是高发期等都是时间的影子。所以，掌握时间的规律，就是掌握生命的规律，天人合一，情绪安顺，则是智慧。

时间的市场价值

满足不同的人及不同的情况下对时间不同的

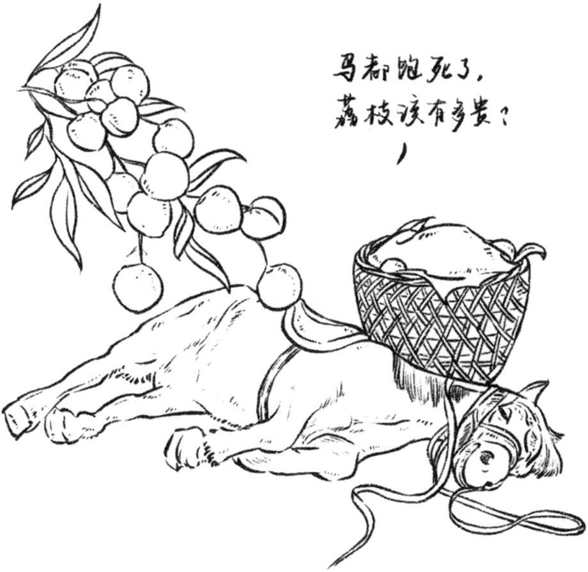
马都跑死了，
荔枝该有多贵？

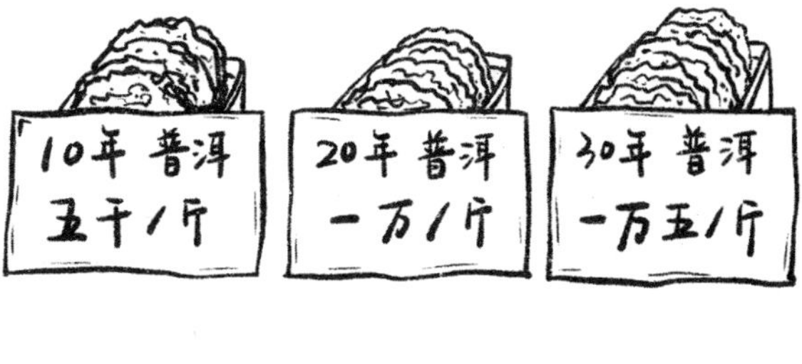
10年 普洱
五千/斤
20年 普洱
一万/斤
30年 普洱
一万五/斤

需求，从而提供不同的服务和产品，可以因时间属性产生具体的不同市场价值。

时间快慢的价值。人的一生是有节奏的，生活工作也是有节奏的。现代人们早晨上班时间紧，需要早餐快速填饱肚子，早点摊如快冲食品等生意就好，如各种面食和速冻食品等；人们旅行如果旅途遥远，路上花费的时间成本太高，速度快点到达的交通工具价格就高，如飞机、高铁等；在网购的时代，商品送达的速度就是竞争的关键，所以有条件的电商就建立了自己的快递系统；总结学习规律提高学习效率的各种教辅产品就大行其道；全媒体时代，新闻的时效性决定了其价值；一个药品一天服用三次，如果延长半衰期变成一天只要服用一次，效率提高就会被人广为接受。当然陪伴人慢下来的消费品同样有价值。如围炉煮茶、香薰、盆景、音乐会等，又如市民百姓习以为常的足疗按摩、棋牌、洗浴、旅游等。快是生活需要，慢是生活本质，提供快慢生活服务都是理解和实现时间的价值。

时间长短的价值。时间的稀缺性让质和量上主要依赖时间长短的物品有了人类努力之外的相对市场稀缺性，从而时间成了衡量这些物品价值的重要变量。例如木材虽然可以再生，但有相对较长的生长周期，在一定的时间内并不能无限供给，所以一般说来成材时间越长的树木市场价值越高，反之亦然。即使现在高分子地板可能会成为木地板的替代品，但木地板的价格一定还是高分子地板定价的参照。又如，酿造酒需要一定的时间，酿造工艺复杂的一般较贵；白酒储藏时乙醇可转化为乙酯产生非常好的香味从而品质上升，因此不同年份的酒可以卖出不同的价格。一些需要时间发酵的茶也是这样，如老白茶、普洱茶、黑茶等等。时间也可导致食物变质，能提供保鲜延长食品保质期的就具有价值，如冷链运输和各种保鲜技术等，还有快递，古代也有为了让杨贵妃吃到新鲜的荔枝，跑死许多马的传说，这死去的马实际上相当于新鲜荔枝的时间价值。类似的就人类而言，对抗时间的作用、抗衰老抗疲劳则是永恒的话题，市场价值巨大。

时间多少的价值。时间是可以"买卖交换"的，现实生活中请别人代为劳动，其付费标准单价看劳动强度和复杂程度，总量看劳动时间，时间越长付费越多。如律师服务和家政服务中钟点工是以时间为单位来计费的，学校和社会上的学术讲座是以时间工作量支付报酬的。还有，计划经济时代普遍按"工分"计酬，历朝历代的"以工代赈"或以出工代替交税等等，都是以劳动时间来衡量费用的。马克思的《资本论》则从劳动时间入手揭示了剥削的本质就是剩余价值，资本家利润来源的秘密原来藏在时间里。

时间的不可逆性让人们在人生道路上选择的机会成本都非常巨大，所以教育的时间价值得到了普遍重视。例如现代社会人们更加重视中小学基础教育，择校成本实际是每个家庭力所能及的最大的投资，因为时间不可逆转；又如，在人成长的道路上一些重要的选择需要听取各方面意见，需要论证和思考，高人的指点显得多么重要，这本质上是经验的时间替代价值。时间对每个人是公平的，但机会事实上很难实现真正的公平。

哲学上的相对论对时间价值的认识是另一个层次，从时间长河看，某种事物下降阶段的时间则体现在其上升阶段的时间价值上，这也一定程度上解释了所谓失败是成功之母的道理。

时间是人们唯一的货币，这就是时间的价值。

鸡蛋、命运、时代：鸡蛋的多次变幻

能换东西的鸡蛋

鸡蛋似乎是普通得不能再普通的东西了，但它对人类的贡献功不可没，还是非常重要的战略物资。天天陪伴人们日常生活的普通鸡蛋，在中国改革开放四十多年的大潮中，我在它的神奇变幻中，对它的认知和感情不同寻常。

我出生在苏北黄海之滨的乡村，并在那里度过童年，记忆中其时正值"文化大革命"，所以鸡是不能随便饲养的，如果有家庭饲养超过七八只鸡会被作为"资本主义的尾巴"割掉，在那个物资极为短缺的年代,好像鸡蛋是农村人家中主要的可用来交换的物品之一,家里有几只鸡蛋大人们是很清楚的,因为要用来交换生活必需品,如食盐、火柴、煤油等等。但鸡蛋一般是舍不得吃的,除非是妇女生小孩或家里有人生病才会用来做营养品,或者用来专门招待客人。父亲很幽默乐观,有时候家里难得做个韭菜炒鸡蛋,说是"九(韭)加一"是十个菜,意思是今天菜很丰富了,那吃到嘴里是又好吃又快乐。有时候,为了娱乐一下,小孩子也会拿一只鸡蛋到村头小店换五分钱,这样可以到镇上看一场难得的电影。当然,这个把鸡蛋作为娱乐资源的做法大人们是持保留意见的,只能是"难得",但记忆却特别深。

可作为礼品的鸡蛋

二十世纪八十年代初读大学,我放假回去,看到城里的亲戚来串门,家里会送二十个鸡蛋作礼物，大家都客气得不得了，其实当时城里和农村一样，日子都还没有大的改善啊。中国的改革开放是从农村开始的，以经济建设为中心，在农村首先是土地承包责任制的实施和鼓励发展各种副业。父亲说农村当时吃饭问题解决了，但还是没有钱用，农村经济发展还没有起步，但鸡蛋不再那样稀少。好像到1985年后，我的老家乡镇工业开始兴起，同时人们开始有规模地养鸡，办养鸡场也开始了，上千只鸡甚至几万只鸡的养殖场办了不少。几千年来鸡蛋第一次成了中国农民发家致富的重要商品，这时候鸡蛋以土特产的面孔被当作礼品在农村也成了普遍现象，人们的精神面貌发生了很大的变化，一切变得都那么有盼头。

可产业化的鸡蛋

社会分工在农村养鸡产业的兴起中，得到了普遍的认可和推广。收鸡蛋的专门收鸡蛋，他们解决销售问题；运鸡蛋的专门运鸡蛋，他们知道不同的销售半径和路况，知道如何避免运输危险；供应鸡饲料的专门供应饲料，他们能够提供价格合理又合适的鸡饲料；做防疫的专门帮助养殖场防治瘟疫；产蛋量下降的老母鸡，有人专门上门收购，让养殖场加快循环；也有专门购买鸡粪作为有机肥料去种水果蔬菜的，让养殖场效益最大化。小小的鸡蛋成了培养农民搏击市场经济的大舞台。

用来观察物价的鸡蛋

后来我在城里结婚成家，有了孩子，鸡蛋又成了每日早餐的重要组成部分，也成了抚养孩子的重要日常营养品。再后来，我学了经济学课程并读了经济学硕士、博士，在政府也曾分工关联物价工作，知道了鸡蛋作为居民代表性消费品是怎样进入 CPI（居民生活消费指数）的，通过观

换东西
的蛋

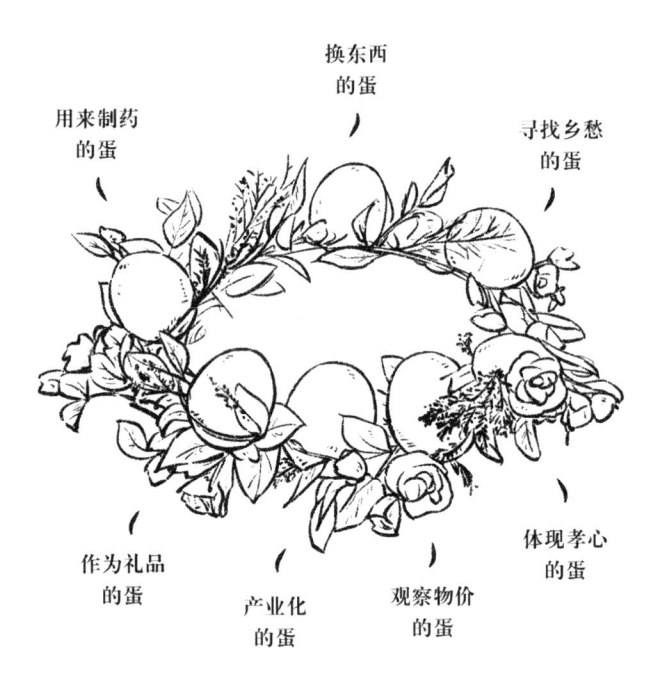

用来制药
的蛋

寻找乡愁
的蛋

作为礼品
的蛋

产业化
的蛋

观察物价
的蛋

体现孝心
的蛋

察 CPI 指数的变化来判断通货膨胀情况，从而对宏观经济进行必要调控和对困难群众生活进行必要的补贴。因为工作的关系，当我在人民大会堂听总理政府工作报告中提到"要确保鸡蛋猪肉市场供应"的条款时，遥想家乡改革开放后的变化，不禁对鸡蛋关乎国计民生的重大意义感慨不已。

用来寻找乡愁的鸡蛋

我在做旅游工作时，南京郊区开始重点发展都市型农业，乡村旅游开始大行其道，城里人到近郊短途游，吃、住、行、游、购、娱的旅游六要素中，鸡蛋又唱起了主角。人们在乡村到处寻找真正的土鸡，这不仅是为了口福，也是在寻找那份乡愁。鸡蛋作为代表性农产品，人们何曾想到，当时作为产业化发展的副作用之一，养殖场和农户投放的鸡苗大多是高产的"洋鸡"，农村土鸡的基因大面积丢失,种苗变了,洋鸡怎么散养也不是土鸡啊。于是人们开始寻找真正的土鸡,想感受和品尝土鸡的香味,这时鸡蛋一定意义上又成了一种文化上的独特现象。当然,人们也愿意为真正的土鸡支付更高的价格,市场经济又以它的方式帮助人们更好地记住了乡愁。

作为药品原料的鸡蛋

作为一名医学专业的硕士研究生,无论是推动生物医药产业发展时,还是在医院的工作中,我对鸡蛋的"内涵"又有新的认知。我知道鸡蛋可以作为药物或制药材料,在中医临床中鸡蛋被认为具有滋阴清热的功效,在古代鸡蛋黄还被当成黄连阿胶汤的药引子;我知道现代医学中,鸡蛋黄也被认为具有延缓衰老、滋补大脑的作用;在现代制药工业中,人们常常从鸡蛋中提取各种有用物,如从鸡蛋黄中提取卵磷脂,用于脂质体药物的膜材料。也有研究表明，鸡蛋黄还具有抗癌的作用，但天然蛋黄里的成分复杂，有蛋白质类、脂肪类、胆固醇、各种天然卵磷脂，现代医学还没搞清楚是哪类组织成分起作用的，人类的相关研究还需继续深入下去。

体现孝心的鸡蛋

近年来，父母年事已高，好不容易说服他们离开长期生活的土地，来到城里养老，但母亲想到的还是要有条件能种地和养鸡，而且她活了一辈子到这两年才同意每天早上吃一个鸡蛋，生活因有人照顾而变得有规律，如此而已，但对他们来说则是了不得的福气，最该吃鸡蛋的人终于每天吃上鸡蛋了。全国如我父母一样的万千老人，现在也都吃上鸡蛋了。

我们六十年代出生的这代人，有幸和改革开放及祖国的进步复兴同步，从被当作"资本主义尾巴"的鸡蛋、作为微薄经济来源的鸡蛋、具有珍贵营养的鸡蛋,到可发家致富的鸡蛋、关系国计民生的鸡蛋、让人感知乡愁的鸡蛋,到作为制药原料的鸡蛋、作为体现为父母养老责任的鸡蛋,小小的鸡蛋四十多年来在我的心中经历了魔幻般变化。这种变化是不是你也注意到了?

好像看清了鸡蛋,也就看清了时代,也看清了生活。鸡蛋的变化是因为鸡的命运的变化,鸡的变化是因为养鸡人命运的变化,养鸡人命运的变化是因为社会的变化,社会的变化是因为时代的变化,在时代面前一切都是渺小的,只是我们比较幸运,能够生逢伟大的时代。

分工、融合、本源：融合的多维秘密

融合是世界观的体现

时空跨越、社会分工、专业细分、单元化状态等等，让人忘记了或看不到事物和社会原本的整体性和相关性，分工是社会的进步，融合则是社会发展的必然，是前进的需求，是前进的方向和趋势。

"分久必合，合久必分"讲的是社会中人们因为利益和观点差异，或因外界条件变化等原因，主动或被动调整相互之间的距离或组织单元的现象。古今中外的政治家们纵横捭阖、审时度势,就是主动为之,地球上曾经的几次大爆炸和地壳运动也许早就提示了合分的规律。在自然界的怀抱里,有人类和各种动植物,有不同的生态系统,有不同国家和族群,同一个国家有东西南北中的区域风情,同一个社会有各个社会阶层,和谐共生是本源,"世界是相互联系的",这是世界观的基点。当然,世界观的实践性特征,也使得人们对世界观的理解有个完善和进化的过程。

我们经常讲"三观"正不正,更多时候是指价值观,但个人的价值观往往是由人生观决定的,人生观又是由世界观决定的。世界观在三观中居于基础地位。

融合需要智慧

现代社会分工深化,节奏快,从科学家到政治家和战略家都越来越意识到现在比任何时候都需要"融合",这是一个需要融合智慧的时代,否则我们会很容易失去方向。

城市建设中，历史文化与现代文明融合才能交相辉映，这是城市建设的灵魂，人们一定区域内工作岗位和居住要就近规划布局，也就是职住平衡、区域功能融合是城市建设的原则。

国家治理中，地区之间支援、干部交流等，是全国一盘棋融合发展的需要，试想如果没有西部的崇山峻岭，哪有长江下游的美丽江南，没有边陲的安定，哪有沿海地区的繁荣；世界治理中，国家之间无偿支援、互利合作、国际贸易等是融合的红利，东西方文化交流、相互尊重是融合共存的基础，也是相互学习文明成果提升福祉的途径。

人与自然的融合，源于人就是大自然进化的产物，中国先贤们就强调"道法自然"和"天人合一"。尊重自然、敬畏自然、适应自然、保护自然是人类的生存智慧。

人与人之间的融合，在不同系统中都很

重要。

一个家庭需要融合,夫妻双方只有相互适应变成一个大我,家庭才会长久和幸福。

一个团队需要融合,有共同的行为准则,才能有战斗力。

一个组织需要融合,要有共同的目标和信念,才能高效和可持续发展。

一个社会在分化的客观状态下需要融合,使得脆弱群体与中产群体互动相生,降低社会距离和社会排斥,社会才稳定和谐;在人员大流动的历史背景中,政府要重视进城务工人员及其他新市民的子女教育,注意解决他们融入城市的各种难题,才能促进持续的发展,如苏州作为发达地区,外来人口多,各街道多年来组织他们免费学习苏州方言,以便让他们融入社区。当然,社会的融合首先是心理的融合,然后才有条件实现阶层的融合。

科技上的跨学科融合是近几十年来人类科技

进步最快的地方，跨学科合作让我们创造了很多国之重器和生活工具，从数控机床到大飞机，从电子产品到高端医疗器械，数之不尽；创造了很多新材料，如满足不同需要的各种合金材料、纺织材料；信息化智慧化则是人类历史上最深刻最广泛的一次融合，它将系统改变我们世界的面貌。

社会科学也在融合，一大批新学科在不断出现，如经济社会学、法律经济学、人类学、体育统计学、制度经济学等等，这使得人们在全面认识世界的道路上多了一系列工具；而自然科学和社会科学也有很多交叉融合的成果，来共同解释和造福人类，如心理社会学、环境保护经济学等等。

理论的融合既有一个人自身理论成果的融合才能形成体系，以便寻找进一步的研究方向的现象；也有同一学科，大家从不同角度分析，但相互之间联系弱、碎片化需要融合的问题。如管理学是融合多学科研究，但这些成果之间融合才能

我们终于汇合在一起!

更好地揭示事实真相,才能更好地指导实践。如医院管理学,目前只是介绍现实中的医院管理架构,管理知识和管理经验,但还没有上升到科学和学术层面,没有搞清楚医院管理的底层逻辑,没有形成自己的理论工具和分析框架,现在的现状就是业内人士说不清楚,外面人听不明白。这就需要融合其他各主流社会科学,以问题为导向,构建医院管理的基础理论体系。

产业融合表现为多路径,或因技术进步,或因竞争合作,或管制放松,既体现在纵向的产业链整合上,也体现在横向的产业渗透上。在纵向上,世界上没有一个国家可以做到不依靠别国配套能实现产业自主的,从这个意义上说,从原材料到技术,我们产业链配套也是国家间合作的结果。而产业的横向融合有时体现为协同上,如物流运输业对工业农业的协同;有时体现为融合,如教育互联网,以及零售企业线上线下的一体化等;有时体现为兼并,如服务业对生产性企业的兼并，或是制造业对原材料企业的兼并，或是综合企业对零部件企业的兼并，这使得部门间贸易转变成部门内贸易，可以更好地控制成本，提高产业和产品稳定性和质量。而现代大数据的融合治理又是人类的一次机会和挑战。

在微观世界也是融合的主场，我曾在英国剑桥大学附近的咖啡厅里，看到科学家发现的遗传基因DNA的双螺旋结构图，一时顿悟，原来一切生命都是融合的结果，而植物细胞融合工程可以突破物种的生殖隔离而创造远源的杂交新物种。医学服务模式转变中其实也需要融合，我们从以技术为中心转向以疾病为中心，需要临床学科融合，如神经外科神经内科融合成立神经病医学中心，共同对神经类疾病诊疗，心脏外科心脏内科大血管科融合成立心脏大血管医学中心，共同诊治心脏疾病，而不需要患者到处选择就医方向等等。中西医协同融合治疗临床疑难疾病，从中医理论中寻找临床医学科研的启发，则是中国医学界的幸运和优势。

融合与分工是一个硬币的两面，分工深化，融合也要同步升级。在分工越来越细的今天，对身处细分领域纵向耕耘的人，看到其意义就显得尤为重要。融合是创造，融合是发展，融合也是治理。竞合，结合，混合，整合，汇合等都是在不同情况下从不同角度推动融合的动力。

融合生长，这个世界最壮丽的诗篇。

第三辑

见微知著

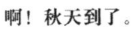

啊！秋天到了。

判断和选择：
人生判断题，选择定乾坤

有头脑是指什么？

判断和选择能力，其实说的就是独立思考问题的能力和决策的能力，一个人、一个家庭、一个单位，特别是领导干部是不是有独立思考的能力和决策能力毫无疑问太重要了。

我们常常见到一些人平时随大流，啥也不想，环境友好时问题不大，可以幸运一次。但当环境复杂一点，其处境就堪忧了，常常遇到问题就只能抓瞎，长此以往只能仰人鼻息，很难自立门户、自食其力，甚至容易受制于人。相反，一个有头脑的人,在群体中也容易成为主心骨。有些家庭,我们经常看到平时一大家子很热闹,但遇到问题能做主的,能有头脑解决的却很难找出,让他来解决问题,这样的家庭往往会错失一些机会或是使难题久拖不决,也很难培养出有能力的人来,对外交往中会容易处于被动状态。一个组织其负责人的判断和选择能力则对单位的运行和发展至关紧要。

人的核心竞争力是什么?

人的一生,某种意义上就是不断判断和选择的一生,特别是遇到关键阶段,其判断和选择则极为重要。对一个领导者来说,其判断和选择能力怎么样,则直接关系到其领导力的高低和其作为领导者的核心素质。

当然,正确进行判断和选择是一件不容易的事情,或由于经验不足,或由于影响判断和选择的因素太多，如情感、信息、状态、环境等等，但不管怎样，判断的参照或基础无非是"是非、得失、利弊"这三个维度，却也是世上最难下结论的三个重点关键词。

判断的三个要素是什么？

首先，什么是"是非"没有现成的答案，一般而言人们的"三观"是判断是非的基础，对普通百姓而言，什么是"是非"一定程度上还受到各种权威和专家言论的左右，对领导干部来说，判断"是非"的标准则还受政治和道德等因素的影响，可见，社会上所谓的"是非"观既是我们教育的结果，也是现实环境影响的结果。其次，是"得失"上利益的权衡，可能是眼前利益，也可能是长远利益；可能是经济利益，也可能是名誉、发展机会等非经济利益。潜在的或显现的"得失"利益是人们追求的目标，更是影响人们

判断的重要因素，一般来说，这样的"得失"是在法律框架之下道德规范之上的。再次，关于"利弊"，其考量更接近现实，这个现实也许是主观现实，也许是客观现实。对"利弊"的判断，既是对事情本身的直接判断，也是统筹"是非""得失"基础上的结论。

就社会作为一个系统而言，我们传统的文化环境中，人们常常以为的社会分工，则有时相对清晰，有时比较模糊。也就是说相对清晰的时候，专家们应该主要讲"对错"，企业家们应该主要讲"得失"，社会管理者应该主要讲"利弊"。无论社会科学还是自然科学领域内的专家，他们研究的是科学，追求的是真理，表达"是非"，应该是他们自然的"天职"；企业家是社会财富的创造者，在法律允许范围内理当理直气壮地追求"得失"；官员作为社会或单位的管理者，应当正确地支持和引领"是非"，支持和服务"得失"，更应当在各种决策时考虑"利弊"。这种利弊应该是建立在统筹对上负责和对下负责相结合、眼前利益和长远利益相结合"两个相结合"之和的基础之上。

当然还有无数个结合，如稳定与发展相结合，抓主要矛盾与兼顾次要矛盾相结合等等。

而相对模糊或错位的时候，可能会出现少数社会管理者在那儿讲"对错"，一些学者在那儿讲"得失"，而部分企业家可能在那儿讲"利弊"。

问题是，管理者可以是高学历，可以有很强的研究能力和研究条件，但你的身份是社会管理者，不是学者，至少不应充当学者的社会分工；学者在过多考虑"得失"，或由于学养不够又急功近利，甘于当"专家"，或出于自保选择闭嘴；企业家或者说老板们天天在考虑"利弊"。如果这种情况出现，那么我们的判断和选择会导致社会福利的损耗。

人们在是非、得失、利弊三个方向有了判断之后，就可以选择了：或左右，或进退，或取舍，或轻重，或缓急。

判断和选择，对任何一个人、一个组织、一个国家都是时时刻刻可能会遇到的，也是不断要完成的动作甚至课题。所以，判断和选择也是一个人"修身、齐家、治国、平天下"的核心能力。

正确的判断和选择是教育的结果，是学习的结果，也是受不同社会环境影响形成的结果。一个人在既有思维机制或素养下，根据获取信息的不同，量质会有不一样的结果。我们需要关注的不是什么样的结果，而是形成这种思维机制和素养的核心，即"是非、得失、利弊"是什么？为什么？如能不断地机制性解决则是人之大幸、社会之大幸、国之大幸、世界之大幸！

对人的判断为什么总是最难的？

当然，对人的判断和选择是更复杂的问题，其遵循的原则又有一定的特殊性。常言道"谋事在人，成事在天"，"得人才者得天下"，人才与其说是培养出来的，不如说是选择出来的，因为就特定的使用目标而言，人才是培养不出来的。人的基本素质，如人品、性情等，只能判断，不能"选择"，因为它超稳定，而人的能力是可变化的。

接触一个人，其基本素质如何是很难判断的，因为获取的信息容易失真，特别是在目前干部交流很频繁的情况下，那些会表达、性格又快热的人，往往能引起新任领导关注，而增加进步的机会；在一个团队内那些善于伪装的所谓听话者，往往很容易被信任，增加成为接班者的机会。对于前者判断者需要交叉论证，不能凭一己一时之直觉来判断，对于后者，判断者要清醒认识到是为继承事业选人，不是为保住利益选人。

判断和选择能力的核心是什么？

一个人的能力包括一般的操作能力和认知能力。只要认真，操作能力也就是工作能力培养可以较快养成，当然有的人一辈子可能就停留在操作能力层面，但认知能力需要工作经历，需要更多时间的磨砺才能具备。"上下"岗位、"冷热"板凳年轻人都要坐坐，否则就学不会统筹，不懂得换位思考，"天眼"就很难打开。一个一直在很"热"的岗位工作、进步又很快的人，虽然有工作实绩，但没有遭遇磨炼，很难想象能交给非常重要的使命而让人放心，正所谓"庭院难养千里马，盆景难育万年松"。认知能力是一个人的核心能力，是比操作能力更高的能力。

为什么选择也是能力？

前面我们讲了很多关于判断的话题，但不完全等于怎么样选择就是水到渠成的事。判断是选择的基础，但判断情况和选择情况也会不完全一致。就个人而言，判断好了，选择也就有答案了，但对一个组织来说，在正确判断的基础上要做出正确的集体决策，还有统一思想、统一意志、平衡利益、宣传发动等很多环节，还要受环境的影响。特别是复杂情况下，智者的判断往往得不到尊重和认可，"真理掌握在少数人手里"的现象经常存在，所以，经常会出现次优选择的情况，甚至是更不好的选择。因为，群体往往是有限理性，感性选择。如果说判断是一种能力，那么让所在集体能够做出正确的选择是更重要更复杂的能力。

一个人、一个组织如何判断和选择，如果有

优秀的独立思考能力和正确选择的条件，那是幸运的，也是幸福的。

一个单位负责人怎样判断和选择一个人，应当将个人成长的逻辑、社会竞争的逻辑和单位的发展逻辑、国家发展的逻辑统一起来。

就个人而言，时代是最大的甲方，工作需要是最大的机遇，是我们判断和选择的最大参考变量，适应时代，逐梦成长，则心想事成。

复杂与简单：在复杂中坚守简单，在简单中驾驭复杂

都是"简单"惹的祸

《水浒传》是表现梁山一百零八位好汉故事的著名小说，其中排名二十二位的黑旋风李逵，既是一位武艺高强、行侠仗义、疾恶如仇、不屈不挠的大丈夫，也是一位头脑简单、行事鲁莽的悲剧人物。李逵的"简单"成了他悲剧的主要因素。宋江初见李逵便送了十两银子给李逵赌博，见宋江大气慷慨，李逵便跟宋江上了梁山。他到了梁山后思念母亲，又看到宋江把父亲接到了梁山，于是也决定把自己的母亲接到梁山来。他什

么也不准备，和哥哥吵了一架后扛起母亲就走。结果在上山的路上，因母亲口渴难耐要喝水，李逵便费尽周折为母亲去取水，由于耽误的时间太长，回来时母亲已被老虎吃掉了。李逵为尽孝道，却误了老母亲性命，好心办了坏事。

生活中我们常常见到一些人，由于头脑简单，认知层次低，平时遇事只能是"矮子看戏"般附和别人，简单跟着别人或事情走，而不知危害、不知利害。这样的人，要么只能做好朋友，不能做好同事；要么只能做同事，不能做朋友。

总有一些决定需要自己独立做出

要有复杂思考的能力。我们在工作和生活中经常会碰到一种情况，就是有时候当我们遇到难题时，往往会去请教身边的同事、领导、朋友或家人，结果往往是别人给的建议，可能还不如你自己综合分析后得出的那个，虽然你并不满意自己的答案。

其实,人的一生总有一些事情,是需要自己独立做出决定的。因为这种能力很大程度上决定你的事业是否顺利,生活是否幸福,甚至人生是否成功。

怎样才能学会"复杂"呢?

在这个纷繁复杂的世界里,怎么样做到"拨开云雾看真相,不畏浮云遮望眼"呢?

首先,要学会梳理事情的脉络,纵向找到事件划分的节点,横向找到影响事件的主要变量,从而就容易找到事情的本质,这样就有了正确决策的基础。其次,要有点哲学思维,找到关键词,找到参照物,事情是什么?为什么?最本质、最基础、最管用的思维是逻辑思维和辩证思维。

当然,社会经验、人生阅历、工作作风、价

值取向，也是影响我们看问题的重要方面，但这是另一个层次的问题。

处理生活中的复杂问题能否成功，会受制度环境和物质条件的制约。

处理工作中的复杂问题，则需要五个层次的支撑。这就是政治上正确、道德上占领高地、规则上权威、方法上科学、处理步骤上严谨，结果是深得民心。

处理复杂问题中的复杂矛盾是最难的，它受矛盾的性质和矛盾积累的程度和所处环境的制约，特别是在利益重构过程中，如何做大蛋糕和切好蛋糕至关重要。

对处理复杂问题的结果如何看，其本身也是哲学问题，既然我们都是在约束条件下处理问题，其结果也就没有所谓的绝对最优，大多数时候只能是次优。

"复杂""简单"关系的三个层次

事实上,处理复杂问题是我们一生中总要遇到的,或大或小,或多或少,而哲学思维能力是处理复杂问题的钥匙,也是一个人的核心能力。由小事开始逐渐养成哲学思维的能力和习惯,用于生活中可度人度己,用于工作可立国安邦。因为,万事本质的源头都可以归于哲学。

"复杂"的事情,对应的方法就是"简单"。这个简单就是在实事求是基础上的哲学选项,但养成哲学的思维方法和思维习惯是一个长期积累的过程,这个过程并不简单。哲学思维的过程,也一定是综合统筹各方面的情况,无论一瞬间的判断,还是反复的思考,其机制都是如此,也就是说,养成哲学思维习惯的过程和哲学思维本身是"复杂"的。这是第一层次的复杂和简单的关系。

既要在复杂中坚守简单,也要在简单中把握复杂。

怎样在复杂和简单中得到成长呢?

同样地，在工作和生活中对人的判断也可以用"复杂"和"简单"来分类。一般说来人们大多喜欢自称是简单的人，或自称喜欢和简单的人打交道。现实中，我们常常见到一种现象，就是简单的人由于思考问题和应对方案简单，导致事情的结果往往很复杂，因为他们考虑问题时不计后果；而复杂的人统筹各方面情况后才会做出判断和选择，其导致处理事情的结果常常是简单的，是可预期的。所以，成熟的人往往喜欢和"复杂"的人打交道。那么怎么判断一个人是"简单"或"复杂"的呢？答案是明显的，就是没有哲学思维能力和思维习惯的人。这是第二层次的复杂和简单的关系。

一个人目标清晰，或是管理一个地区，服务大众为先，或是管理一个企业，赢利为先，或是管理一个单位，发展为先，目标是简单的，但要求的能力是复杂的、综合的；一个人面对复杂的环境，要做到或是洁身自好，或是维护稳定，或是方向不变,其判断和努力一定是复杂的。要做一个纯粹高尚的、简单的人,并有处理复杂事情能力的立体人。这是复杂与简单的第三个层次。

怎样成为"复杂"的人?

如何做好一个能"复杂"的人?或者说如何培养自己具有复杂思维并能够处理复杂事情的能力,一方面要有大的格局,善于放在大环境、大目标下看问题,一方面要做事认真,对细节和责任要敏感。没有细节就没有逻辑判断的基础,没有格局就抓不住事情的主要矛盾。

从时间维度上看,人一生的经历往往是这样的——当我们解决困难、处理问题时,向前看,一切经常显得那么复杂;回头看,一切往往又显得那么简单。在这复杂与简单之间,是理性与勇气的积累,是对规律的把握,是个人的成长,是自信的增加;是事情的不确定性与确定性的转换变化。

至于一般日常生活中的简单与复杂，是另一个方向的话题，复杂或简单随心随景即可。简单轻松是常态，是真正的生活；有仪式感的复杂也要有，是意义或意思的表达。和人相处时，简单点，好识别，好打交道，运气总不会太差；处理关系上，摆正位置，和而不同，以复杂保证简单，对群体利益最大化。

在社会上，和平时期，以简单的心态看社会，可以有远虑，但没有必要透支焦虑，所谓"世上本无事，庸人自扰之"，而把自己搞得太复杂。

其实，我们想说的是，做人可以简单，但不能幼稚，更不能粗暴；需要复杂，但要有格局，更要有阳光的心态。

花园的道和理：道在人性，理喻人生

有个自己的小花园是幸福的，可以接地气，可以透透气，可以专心于享受慢节奏的劳动而修养身心，可以让人更直观地感知季节的变化，花园植物的构成可以体现地方植物花卉特色，更可以体现主人的品位和风格。花园当然还可以"有文化"，甚至也可以有主题。花园有它的"道"，花园里也藏着人世间的"理"。

花园是模拟的自然

人们为什么喜欢花园？万物来自土地，人对土地情有独钟，站在土地上人就感到踏实，虽然站在阳台上也能自由呼吸新鲜空气，但站在土地上就是感觉不一样啊，那些所谓的"空中花园"什么的，在感觉上肯定都不如在土地上建的真正花园。接地气是因为可以更好地接触自然，花园里的功能安排，或为了美化环境或为了实用，如用合适的花草、鱼虫美化环境是为了亲近自然，并在亲近自然的同时寄情山水，憧憬着诗和远方；实用功能方面大则是种点蔬菜，小则种点葱蒜。其实，现实中我们大部分"中产"既不会侍弄花草，也不会种菜，但这不影响他们对拥有小花园的向往，因为除了诗和远方，还有"实用"功能背后隐藏着的乡愁。当然，花园建造也可以有主题，或为明志，或为寄情，花园功能拓展为，如日常下班后的放松，或是所谓"智者遐思""贤者避世""长者养寿"，这大概就是花园的"道"。

如果说花园的"道"可靠悟来感知，那花园中藏着的"理"则需要靠日常的实践来挖掘和发现。人们在花园里劳动无非是扫地、浇水、修剪、施肥、翻盆、栽种等等。观赏和纯休息则看似单纯得多,但劳动和观赏都可以挖掘藏在花园里的"理"。

保护幼小何止是人类

南京夏天温度高,盆景土少,浇水就成了养花人最重要的任务。在各种各样的花草中,洋杜鹃对浇水的要求很特殊,杜鹃需要每天两次喷洒一下叶面,如此,杜鹃就能长得绿油油的,好像靠主干吸水来不及满足需要,还是杜鹃喜欢更直接的淋雨?不知道。但是,杜鹃在缺水时特殊的表现,就是为了优先满足新发枝芽的用水,老的枝条叶子慢慢地缺水干枯,而新的枝条则依然显得生机勃勃,让人意外和刮目相看。可见,洋杜鹃乍看上去娇媚温柔,实则既有担当又很直接,或者说杜鹃花在好面子的表象下,又是罕见地护犊子的，杜鹃花特别注重传承，注重下一代的培养。它虽然不会说话，但和我们人类多么相似，它也有精神世界，也有和人类不一样的爱。杜鹃花的表现，一是提示我们要珍爱花草，一花一木总关情。二是人不能看表象，为母则刚，人在不同情况下，行为会变化的。

换赛道不能挡了别人的道

我在花园里总是有惊人发现。有次春天我将一盆简装的杜鹃树带土换到一只原来种百合的相对大一点的紫砂盆里，希望杜鹃能在一个好的环境中长得好点。结果几十天后，我偶然发现怎么杜鹃长得倾斜了，巡视一番后没找到问题就做扶正处理。但两周后，发现杜鹃树居然连原来带的土球又一起倒下了。我就奇怪了，难道谁在搞破坏不成？我把杜鹃树提起来一看，发现原来是土球下面新长出了百合！是遗留在紫砂盆中的百合花的球根春天苏醒发芽了，才把杜鹃顶翻了。可见，人生不能随便变道，变道有风险。人到新环境，当心地头蛇。更要注意自己是不是无意中占了别人的道。

修树犹如教育孩子

紫薇树花期长，民间俗称"百日红"。紫薇树的修剪很特别，入冬前要把当年新长的枝条全部修掉，不这样第二年长出来的枝条的树形就没有样子。不仅如此，当年春天新长的芽头太密了，还要再打掉一些，否则也长不好。有一年春天懒了一下没修剪嫩芽，结果春夏之交的大风，把刚长出来的枝条打得七零八落。如果一开始把多余的嫩芽打掉，每根枝条都长得粗壮就不怕风吹雨打了。可见，玉不琢不成器，修剪紫薇树如同教育孩子，你舍不得教育他，社会上的风雨会教育他，只不过代价太高，没有了你要的形象和

我今年没去修剪它
风雨修理了它。

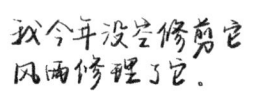

爸爸你看,
风雨后的紫薇树
被吹得七零八落。

结果，还会让他断胳膊少腿的。

有特长的人机会总是会多的

为讨口彩，人们在建造花园时，除紫薇外往往同时设计种植紫藤和紫竹，再种上二月兰等开小紫花的草本植物，所谓"紫气环绕"也。其实，"三紫"（紫薇、紫藤、紫竹）虽然大多是江苏地方树种，但习性相差甚远。清朝江苏还因紫薇得名紫薇省，花期长的"百日红"种在院中期盼生活能长久红火；紫藤善于缠绕攀爬，花簇繁茂，浓荫蔽日，极易造景；紫竹是文人的最爱，可制乐器，历代描写紫竹的诗词很多，如"紫竹苍翠映眼明，笛声一曲梦又生"，"紫竹摇曳风中舞，青翠欲滴映碧波"等等。但紫竹生命力不如普通的竹子，对生长环境要求相对较高，特别是紫竹开花后就面临死亡，所以也不是长期能存活的物种，要及时重新栽种，否则死在院子里大煞风景也似乎不吉利。也许正是紫竹的娇贵更增添文人对其的颂扬？"三紫"的现象提示人们，一是不能简单地合并同类项，在现实中每个人都是独立的个体，值得和需要我们认真区别对待，否则往往认识会有偏差，二是文化上的、理想上的美好愿望，因为现实中很少，所以人们才更追捧它。三是许多事可以殊途同归，人们是由喜欢紫色，发现而选育不同的开紫花的植物，说明人如果有点特长，就容易得多和幸运得多，连二月兰都沾光了！

自然界的理和社会的理是相通的，人本来就是大自然的儿子，感悟大自然的道，遵循大自然的理，天人合一是智慧，也就是花园的道和理。

互动与进步：
热门人文社会科学的显学之路

重视社会科学是历史的轮回

中国几千年来一直重视人文社会学科，它对社会教化和政权稳固至关紧要。中华人民共和国成立后，逐渐走向全面重视自然科学，生产力的落后给国人的教训太深刻了，所以逐步全面重视社会科学，建设应用和人才培养应该是改革开放之后的事，主要是整体认知和现实需求所致。新中国是在积贫积弱的基础上建立的，深知科学技术对国家建设和人民生活的重要性，某种程度上将其视为重要的财富，所以自然科学得到了优先和空前的重视，但新中国建立初期对社会科学重要性的认知还是不到位的，那时最多是一些考古、中文等专业还有现实性、应用性。

时代唤醒哲学

中国的改革开放起于几十年前那场著名的关于"实践是检验真理的唯一标准"的大讨论，当时的中国面临着向何处去的方向性问题。1978年的5月，南京大学哲学系教授胡福明老师拟发表的"真理检验标准"相关文稿送到了相关领导手中，领导亲自修改并支持在《光明日报》头版发表，同时在这历史关头发起了关于真理标准的讨论，这就为当年12月党的十一届三中全会的召开奠定了思想基础，从而确立了以经济建设为中心的党的工作方针。面临历史，复杂的局面被破解，哲学和哲学家怎么能缺席，哲学此时为中国做出了其他学科无法替代的历史性重要贡献，从此也开启了中国哲学的全面发展,社会上学哲学用哲学也逐渐蔚然成风。

经济学的王国

随着全社会工作重心转移到以经济建设为中心上来,现实系列经济问题的解决和经济建设人才的迫切需求,催生了中国经济学教育、研究和应用的迅速升温,一时间经济学成了一门显学。经济学被尊称为神圣的殿堂,产权、市场、价格、体制、竞争、股份、贸易、汇率等名词一下子被人们天天挂在嘴上,经济学常识得到了极大的普及,从马克思的政治经济学到各种西方经济学都非常热。高校经济类专业招生分数不断提高,学以致用的经济学学子们,毕业后都义无反顾地投身到经济建设第一线,历史给了他们特有的机会,大多数人挖到了第一桶金,多年以后也有很多人因此占据了各经济金融条口的高位。经济学教授们变得非常繁忙,特别受人尊敬,各级政府的管理者也不断被送到国内外高校学习经济学,经济学也成了各个高校竞相设置的学科,各类经济类的会议更是层出不穷。一批经济学研究者,因其某一领域的贡献和影响,而被冠上各种代号,如"厉股份""吴市场"等,当然更有陈岱孙、孙冶方、薛暮桥等灿若星辰的经济学大家被人们铭记。中国经济学因改革开放而兴,又对中国改革开放和经济发展作出了历史性突出贡献。

法学理应归位

中国特色社会主义市场经济体制的确立和经济建设的推进,使人们逐渐认识到市场经济就是法制经济,产权问题、诚信经营、市场秩序等等,都需要法律法规的保驾护航,很快法学又成了热门学科。法律培训、法律专业、学法用法蔚然成风,自此法学研究和司法实践空前繁荣,中国特色社会主义法律体系逐步建立,肉眼可见的就是从政府机关到学校等事业单位和工矿企业都特别重视法律事务,法律顾问、律师事务所等如雨后春笋般出现,法律考试经久不衰。法治理念不断加强,立法质量不断提高,执法体系不断健全,依法治国精神不断深入人心。历史也给这些从事法律工作的人或成就,或收入,或地位。

社会学不能缺席

随着中国经济进一步发展和改革开放的深入,社会组织社会阶层的变化,贫富差距拉大,就业结构、就业难度,医疗、教育资源分配不平衡,社会道德滑坡,社会心理剧变等各类社会现象不断涌现,社会问题层出不穷,由此,社会学也得到了重视,社会学家的声音越来越多,一大批重要的社会学理论成果和社会调研报告推动了中国的改革进程,影响了改革的方向,社会学和社会学家的力量成为观察和治理社会问题的重要依靠。当然,由于中国各类社会和经济组织的数据很难精准及时获得,所以,在中国进行社会学实证研究搜集资料是不容易的,见得比较多的是各种各样的社会调查成果。还有,不知什么原因,一些高校的社会学博士论文分析的主体工具往往是经济学或法学或管理学的,好像社会学没有自己的分析工具,这是中国社会学发展过程中的特有现象。

管理学在管理职业化下催生

随着社会经济的逐步繁荣,社会和经济组织的复杂性越来越强,至此,对管理科学的需求得到重视,管理学作为一门社会科学也越来越受到尊重,人们普遍认为管理是一个专门的职业,需要有专门的人来完成才能有效率。从工商管理到

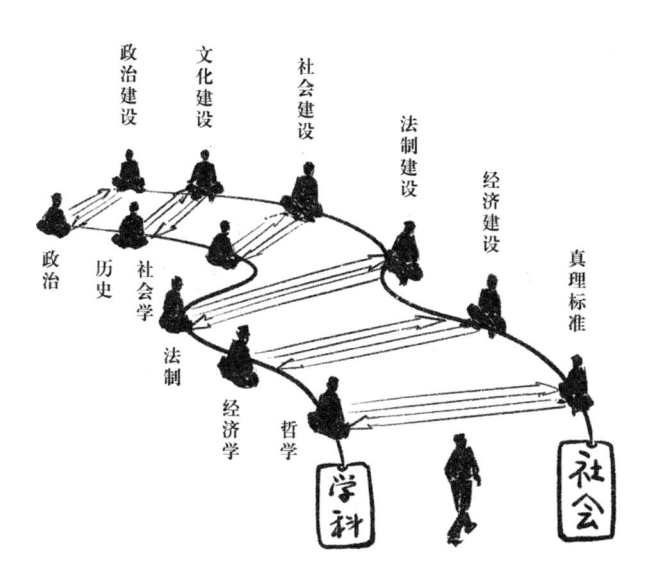

政治建设　文化建设　社会建设　法制建设　经济建设　真理标准

政治　历史　社会学　法制　经济学　哲学

学科　社会

政府管理，再到社会管理领域，人们都开始重视管理知识的学习，学管理的毕业生在就业市场都非常抢手。这是中国社会的巨大进步，视管理为科学，承认和尊重管理规律，学社会科学的走上重要领导岗位的比例在上升，这是多么令人激动的事情啊。

自信智慧需要历史学和国学

与此同时，随着中国在前进道路上遇到越来越多的需要回答和解决的问题，人们在向世界发达国家学习的同时，也开始向历史寻找灵感和启发，于是，历史学也逐渐热门起来，各种历史书籍、各种历史讲座得到了人们的追捧，历史博物馆及各种主题展的观众总是络绎不绝，一批历史学家和因历史讲座出名的文化名人成了社会明星。从而也带动了学习传颂中国古代文学的热潮，人们的民族自信、文化自信逐渐展现，记录改革开放进程和人们精神生活的当代文学繁荣起来，各类文学文化论坛、诗会，以文物和历史文化街区保护为核心内容的城市改造整治等等，成了城市运营中吸引人气的重要品牌。而政治学在改革开放启动后，生产关系如何进一步适应生产力的发展，一直是中国政治家和政治学者们思考的问题，一些结合中国实际的政治学成果，为建设中国特色社会主义市场经济，推动政治体制改革，提供了宝贵的智慧和建议。

从 1978 年到 2024 年，中国的改革开放进程已走过近半个世纪，我们面临的国际国内形势，科技经济发展条件，结合中国实际，服务中华民族复兴伟业，服从人类发展规律，有中国特色的人文社会科学体系已经初步形成，时代呼唤和成就了社会科学的成长发展，社会科学推动了中国的改革开放和社会进程，这是世所罕见的壮丽景象，中国人文社会科学和中国社会的伟大实践的互动就这样发生了。相信，这一伟大的"互动与成长"景象还将继续进行下去,中国人的智慧和当代文明的成果,一定会在这互动中不断融合,成为我们进一步成长的无穷力量。

一口饭的情和思

最近刷到一个短视频,看后很感动。讲的是一个老父亲给穿着红色结婚喜庆盛装,头发和面部都精心精致打扮的正要上婚车的女儿亲自喂饭,喜气洋洋的女儿幸福地在众人面前似乎有点表演式地吃着笑着,结果新娘子看着父亲复杂的表情笑着笑着却突然哭了。这个短视频点击量很高,是个中国人都看得懂,都理解得深,因为它击中了中国人心中最柔软、最深沉的情感,这个老父亲用"一口饭"最中国式的方式表达着对女儿的挚爱。无独有偶,这让我想起前年中秋节这个举国团圆的日子里,我亲爱的岳父在他九十岁生日后不久去世了,当我们见到安卧在客厅中的遗体时，一个白色的从饭里挑出来的饱满的大米粒放在岳父紧闭的嘴唇上是那么显眼，这是生者对逝者在另一个世界生活的美好祈祷和对亲人远去的牵挂，"一粒米"代表有饭吃，这样爱的表达同样"很中国"。

中国是一个农业文明大国，农业文明是中华文化的底色和基础，实现温饱是中华民族几千年来的愿望和目标，"一口饭"是中国文化最朴素、最直接的表现。不仅是民间婚丧嫁娶大事，就是平常中国人见面打招呼也大多问"吃饭了吗？"而不是问"你今天开心吗？""今天心情好吗？"可见吃饭在文化中的重要性。特别是近代以来，中华民族灾难深重，百姓流离失所，吃上一口饭、吃饱饭成了奢望。历代仁人志士带领中国人民探索中国出路，让大家吃上"一口饭"就成了一个政治口号，无论是共产党领导人民推翻三座大山，还是四十多年的中国改革开放，就是为了让老百姓过上好日子，而有饱饭吃是最基本的，也是最重要的、最核心的。

我们经常听到说中华民族从未像今天这样最接近实现民族复兴,这没错,我的理解其基础是中国基本实现了温饱,吃不饱饭的时代一去不复返了。冯小刚导演讲述抗战时期河南因天灾人祸发生严重大饥荒情况的电影《一九四二》,其中一些片段和细节让我印象深刻。一个是饥荒的严重程度,可以说是中华民族黎明前最黑暗的一页,几个月的旱灾竟然饿死了300多万人,人间变成了"易子而食,饿殍遍地"的地狱。一个是民国政府的腐败和无能无以复加,几亿元的救灾款到灾民口里的不足十分之一;当时国家已风雨飘摇捉襟见肘,民国政府的河南省长专程到重庆向蒋介石求援,在焦躁不安地等待接见的过程中,他听到了各方面向蒋介石汇报的事情都非常重要和严重,到午餐时蒋介石边吃饭边听汇报,蒋介石说河南灾情太严重了,要不要从拟拨给山西的粮食拨部分给河南救急,省长竟然说不需要，因为他知道这时山西抗日战场更需要粮食。省长回到河南，大小官员都盼望他能带回好消息，他却说要粮的事他没有说出口。当时的百姓太难了，政府太无能了，让人看后百感交集啊。看到这些，我们多么庆幸能够生活在和平年代，更能理解现在国家为什么将粮食列为战略物资，为什么十八亿亩耕地红线必须坚守。

"一口饭"有多重要，只有经历过饥饿的人才能理解。海岩三部曲之一的《拿什么拯救你我的爱人》中，刘烨主演的男主角龙小羽在入狱后，他的女朋友——当地著名企业家的女儿罗晶晶来探望他的对话中，龙小羽为解释自己为什么会犯罪，连问罗晶晶："你挨过饿吗？""你知道挨饿的滋味吗？"是啊，为了"一口饭"在和平时期也能扭曲一个人的灵魂，我们身边经常会出现这样的人，为了目的不择手段，累累做出伤天害理的事情。贫穷和困难不是做坏事的理由，修炼是一个人的终身课题。一口饭要靠自己诚实的

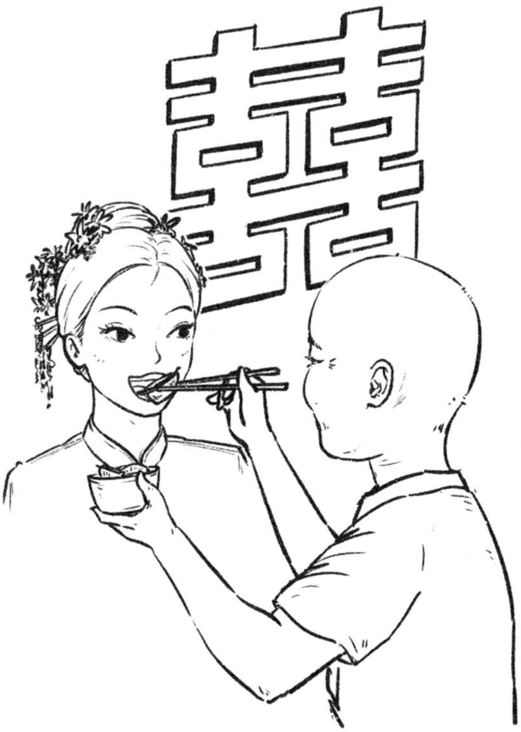
囍

劳动所得，不是忽悠，不是诈骗，更不是偷盗，不是抢劫，不是犯罪，包括以各种身份为掩护的犯罪。

滴水之恩，涌泉相报。有的人经历过困境，所有的山珍海味都不如他流浪街头好心人给的"一口饭"的记忆那样深刻，许多人困难过后首先想到的是加倍报答别人的恩情。知恩图报、乐善好施之所以成为中华民族的传统美德，是因为大家一起困难过，对经历过的苦难有共同的记忆。

有时"一口饭"也是人与人之间情感的体现，战争年代沂蒙山区的老百姓喂解放军鸡汤，那是军民情谊；在物质匮乏的年代，父母舍不得吃，留下一口饭给子女吃，那是厚重的父爱和母爱；兄弟姐妹之间谦让好吃的食物，那是兄弟姐妹之间的手足之情；老人之间饭桌上相互喂一口饭，那是岁月的美好和相濡以沫；邻居之间有好吃的，互相品尝一下，那是邻里友好之情；困难时，一个人口多的家庭每个人省一口饭可以多养活一个人，那是一个家庭的力量；一个国家一个社会，每个人支持一口饭可以集中资源办大事，那是国家的力量。

饭局在中国社交中的重要性无与伦比，国人认为联络感情、沟通工作中没有什么是"一口饭"解决不了的。饭局上的各种讲究，体现的是对人的尊重，是一种文化。而为了不浪费将吃不了的菜打包带走，现在也逐渐成了大家的自觉行为。当然，现实生活中各种饭局有时候也会演变为吃喝之风，坏了规矩自是不可取。

随着国人温饱问题的基本解决，"一口饭"怎么样吃得健康，又成了人们的追求。吃饭留一口，饭后百步走，活到九十九，成了人们的健康理念。长期饥饿的民族，或经历过从小吃不饱的人，在温饱之后又容易多吃，糖尿病脂肪肝等代谢性疾病成了影响百姓健康的重大慢性病之一。

一口饭怎么样吃得放心、吃得安全，是一个

国家文明的体现,但我们现在食品安全事故频发仍然是社会的痛点。民以食为天,不仅是有饭吃,还要吃得好、吃得安全、吃得科学、吃得有滋有味。

"一口饭"是家事、国事、天下事,"一口饭"是国人特有的情感记忆和社会文化表达,"一口饭"饱含深沉和丰富的哲理,"一口饭"涵养人的精神和社会文明。其实,"你吃了吗?"今天的含义更多已演变为"你好""你好吗?""你好啊"。

第四辑

跨越山海

春风又绿江南岸

王安石曾两次任北宋朝廷宰相,伟大的革命导师列宁曾评价王安石是"中国十一世纪的改革家",他曾在南京任江宁知府,对南京的历史,对中国的改革史都有特殊的符号意义。

千年误读"明月何时照我还"

《泊船瓜洲》是王安石的传世佳作之一:

> 京口瓜洲一水间,
> 钟山只隔数重山。
> 春风又绿江南岸,

明月何时照我还？

这首千古名篇是王安石第二次辞去宰相后，沿大运河水路从北宋首都开封坐船一路南下，回江宁（南京）的路上，泊停瓜洲（扬州）渡口小憩时所作，瓜洲的长江对面就是京口（镇江）。船到扬州，就要拐弯沿长江向上游逆流而上，向西往江宁（南京）方向走了，王安石长期学习生活的"根据地"钟山就在眼前，只隔数重山了。这是一个特殊时刻，是他第二次离开权力中心，离开都城开封。这也是一个特殊的季节，从开封到南京走水路，当时大概要一个月左右，走着走着不知不觉春天悄悄地来了。隐隐可见春天的江南桃红柳绿的景象，又引起了王安石"病树前头万木春，沉舟侧畔千帆过"的惆怅，春天来了，他却要回家赋闲。所以他在幻想着什么时候能像第一次被罢相后又回到开封第二次任宰相那样，还有可能第三次任宰相，还有可能回到开封朝廷去发挥作用成就抱负的机会。所以,他说出了"明月何时照我还"的期盼。王安石想着的是要回到开封继续为相,而不是回南京赋闲啊,这才是作为政治家的王安石的真实想法和思想特点,是凡夫俗子无法理解的。

千百年来人们错读了这首伟大的诗,认为他是想乘着春光早点回家,但作为政治家的王安石,他的情感、他的精神留在了开封,他灵魂的家在开封。

我曾专程去参观位于紫金山脚下王安石的半山园故居,当我第一次真正读懂"春风又绿江南岸,明月何时照我还"时,感到有点羞愧难当,眼前浮现出王安石那恨不能星夜兼程再回朝廷任相的形象。

当然,这首诗的写作时间也是存疑的,有人说是王安石第二次赴京任宰相的路上写的,他当时不像第一次任相那样激动,甚至不太想再到京城,所以刚出来不久就想着什么时候回第二故乡南京。王安石罢相是上一年四月份，这次回开封是三月份，而三四月份都是春天，所以"春风又绿江南岸"是哪一年的春风，就诗中这句话不太好判断。但从夜泊瓜洲来看行船的习惯，由运河到长江应该更顺，所以更可能是罢相回来路上，当然我们不知道当时长江航道的情况；还有史书记载当王安石收到要他再任宰相的任命时是非常激动的，也能佐证这首诗是他第二次罢相回南京路上所写。

误读越深，正解越然

我曾在苏南小城丹阳市工作六年多，每年春天来临的时候，总会自然地想起王安石这首诗。是啊，"钟山只隔数重山"，南京丹阳之间相距并不遥远，春天又来了，何时回南京啊？那时就是想着早点回家，外面再精彩也不想再漂泊了，想回到有更好生活基础和工作基础的南京……

后来回到南京工作后，一次偶然的机会见到了东台老乡（出家人似乎不应再有故乡一说）、中国佛教协会副会长、江苏省佛教协会会长、镇江金山寺方丈、著名书法家心澄法师，当时想到的是，法师的老乡身份、出家地点也在镇江（丹阳是镇江的县级市），和我有太多的相似，所以也没有多解释就不由自主地提了个不情之请，请他有空的时候为我书写这首有特殊感情的名诗。半年后心澄法师守诺寄来他的墨迹，我如获至宝。站在王安石半山园的故居前，我在想当时只是为了纪念自己那段丹阳岁月，何曾真正理解诗的本意，更未曾了解王安石当时的志向。

改革从来都是险象环生

王安石被宋朝赵顼皇帝邀请进京（开封当时叫东京）任宰相，主要是因为当时国库空虚，百姓很难吃饱，政府却开支无度，所以依靠王安石启动了熙宁变法,主要改革措施有青苗法、免役法、市易法、保甲法等等。王安石曾在扬州、宁波、南京等多个地方任职,有一定的从政经验,特别是改革经验,这些改革方案本身也不错,也是当时国家所急需的,但他的改革为何会以失败告终呢?

原因大概有几点,一是王安石有很大的格局,品德也没有问题,才华出众,也有能力,但他的性格有一定的缺点,不太注意策略,他只是依靠皇帝的支持强行推进改革。他的反对派大多不是小人,病重中的司马光在得知王安石去世后,还专门请求垂帘听政的太皇太后追赠王安石为太傅。苏轼也在起草制书时给他很高评价。二是王安石过于理想主义,对改革方案的优劣分析不够客观冷静,因此他曾被评价为,"卒以败者,无通识,并不周知社会之故"。当然,青苗法这一最重要的改革措施,其方案细节和操作性还不成熟,当时的社会科学不发达,缺乏专业金融理论支撑，基层政府的监督成本无穷大，失败也是必然的。三是错看北宋末期的形势和赵顼皇帝，当时的社会机制问题已积重难返，而赵顼皇帝只想保住权力的大厦。

改革失败不是王安石个人的失败

我们不能苛求古人，王安石的失败当然也不是他个人的失败，相反不当宰相后，倒成就了他在中国历史上"唐宋八大家"的美名。在他去世后四十一年，北宋王朝就灭亡了。南宋小朝廷偏居临安（杭州），官员们继续腐败风流，一百多年后元军南下，南宋小朝廷土崩瓦解，一直南逃到今广东。几年前的春节我到南澳岛度假，在海边见到了南宋皇帝在此驻跸的遗址，不禁感叹不已。

春风又绿江南岸

中国的改革开放来之不易,在建党一百周年之际,我们专门开展了包含改革开放史的"四史教育",对现在许多已工作并小有成就或刚走上工作岗位的年轻人而言,某种意义上说中国的改革开放史对他们来说就是中国的近现代史,不主动进行交流学习,就很可能不了解改革开放是怎么来的。改革不是自己产生的,也不是一帆风顺的,改革是一种精神,要发展就离不开改革,当我们遇到困难时就要想到改革。

为了给年轻人种下改革的思维基因,我在2003年专门带单位的五十多位青年骨干到深圳改革开放干部学院学习,学院里那座体现改革精神的雕塑(一个大力士拼命撑开一个框架)给人印象深刻。回南京后,我又组织他们参观王安石的半山园故居,提醒年轻人遇事不慌,要走改革之

北宋·王安石

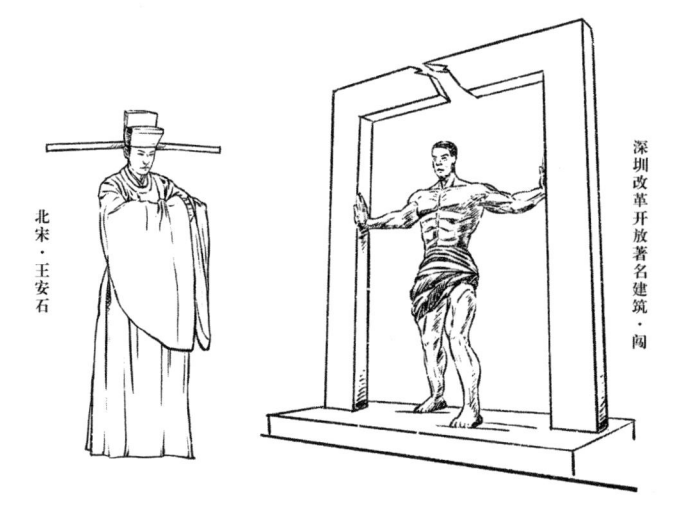

深圳改革开放著名建筑·闯

路，新时代这么好的历史机会和条件下，要"心担国家事，肩扛国家责"，各项事业不应再有一千年前王安石那样的改革半途而废的遗憾。

历史照耀未来，春风又绿江南岸，年轻人当自强。

独一无二的歌

我不怎么会唱歌，五音不全，乐谱也不懂。加之二十多年来工作职责越来越繁重后，忙得几乎忘记了这个世界上还有音乐，还有春天，还有四季的风景。但音乐是无处不在的，一些歌曲在我们这一代人的岁月中留下了不可磨灭的印象。二十世纪六十年代初出生的我们，相对来说思想成熟和定型较晚，因为在我们思想框架形成的几个关键时期，中国社会都处在剧烈的变动期，社会思潮的变化、政治变革的探索、国际环境的改变，使得一些原来对的东西变成了错的，一些错的东西又变成了对的，但总的方向是走向了光明的改革开放。表现在音乐方面就是情感特别强烈，时代融入了音乐，音乐记录了时代。正是岁月如歌、歌似岁月，歌曲在我看来就是写情绪、写情感、写情结、写情怀。思想定型晚，思想的框架也更大，格局也更大，视野更宽，责任更强，情感也特别丰富。当然，不同的人在时间长河中的不同阶段留下的音乐记忆点也是不完全一样的。

从《南泥湾》到《在希望的田野上》

《南泥湾》好像是我能完整清晰记得的第一首歌，郭兰英的声音和旋律开始只是感觉优美好听，长大后才知道这是一首革命歌曲，歌曲表达的是1943年中国抗日战争时期八路军在陕北一个叫南泥湾的地方，发展经济、保障供给的故事。南泥湾是陕北的一个小村庄，地理位置在一个十字路口，它是八路军开垦种地、艰苦奋斗的一个缩影，也寓意着在中国革命缺乏物质的关键时刻，选择了自力更生，选择了继续奋斗，从而也有了后来的成功，"塞北成江南，鲜花送模范"也成了一种宝贵的精神财富。

音乐对二十世纪六十年代生人的影响特别大，同时那段记忆的时间跨度也很大，从二十世纪三四十年代的革命音乐到六七十年代的红色音乐，还有二十世纪八十年代初的改革音乐或者说是春风音乐。同时期和《南泥湾》一样令人记忆深刻的歌曲还有《洪湖水浪打浪》《浏阳河》《我为祖国献石油》《北风吹》《草原上升起不落的太阳》等，童年不知社会的艰难、不懂大人的艰苦，在这些音乐声中好像日子过得非常快乐。

在向二十世纪八十年代初的春风音乐过渡之中，对我影响较大的几首歌要提一下。印象中在我的初高中向大学过渡阶段，国家决定恢复高考了，"实践是检验真理的唯一标准"的大讨论开始了，党的十一届三中全会召开了，放弃以阶级斗争为纲确定以经济建设为中心的基本国策，人们的思想禁锢开始被打破,社会的坚冰开始融化。这个时候电影《庐山恋》《小花》《巴山夜雨》等上映,这些电影是几十年来第一次表达爱情、尊重人性的,主题曲《飞向远方的故乡》《绒花》《但愿人生常聚少离分》等也流行起来。特别是李谷一等歌星成了那段音乐文化历史的符号,《绒花》一直传唱到现在。当然,那时表达的爱情还是和革命挂钩的,但开启改革开放的前奏,社会氛围逐渐回暖的意味已很浓厚了。

二十世纪八十年代初我们上大学的那一年,欢快优美、脍炙人口的歌曲《在希望的田野上》横空出世了,那可是恢复高考的头几年,中国改革开放已经进入起步阶段,祖国大地到处都是我们希望的田野,人们的精神面貌焕然一新。我们的家乡、理想、未来在希望的田野上,"世世代代在这田野上生活,为她富裕、为她兴旺……为她打扮、为她梳妆……为她幸福、为她增光"。这首歌曲就是表达这种心情的代表作。同期还有类似的歌曲，如《年轻的朋友来相会》《春天的故事》等等，都反映了改革的春潮涌动，祖国大地迎来世纪不遇的盛景，当时作为天之骄子大学生的我们是何其幸运，觉得一切都是甜的。

从《南泥湾》到《在希望的田野上》，这样记忆中影响我的音乐阶段的划分方式，可能既是我童年生活在农村的自然而然的结果，也可能是和中国革命走的是农村包围城市的道路，以及中国改革开放也是先从农村开始的客观历史进程有关，在这样宏大的历史背景下才能产生令人难忘的歌曲。

从《三月里的小雨》到《走过咖啡屋》

三月里的小雨每年都会有，如果把人的一生比作一年，那二十岁青春的我正处在人生的三月里。大学时期南京的春天好像总是在雨中，季风一般要来回好多次，二十世纪八十年代初开始流

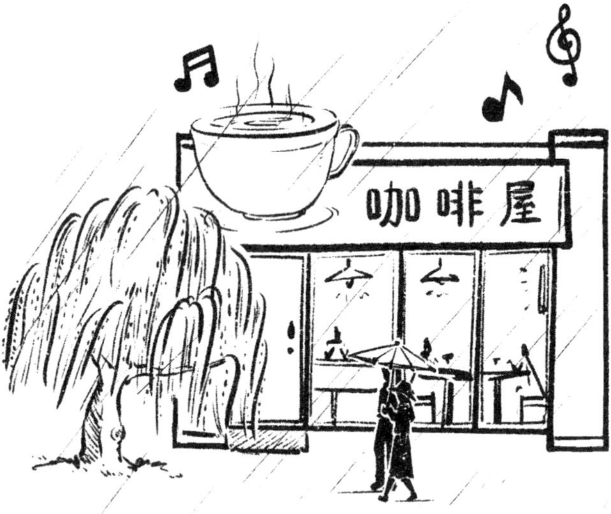
咖啡屋

行的优美经典歌曲《三月里的小雨》，对我来说就有了不一般的意义。三月里的小雨少有急风暴雨，多是微风细雨，三月里的小雨是青春的雨、是梦想的雨、是惆怅的雨、是遐思的雨。整个二十世纪八十年代是我从读大学到工作，从工作又读研究生的重要时期，人生不断变化着，每年三月里的小雨其感觉也有所差别，那是一个多愁善感的年龄。同时期，台湾歌曲《酒干倘卖无》，改革开放春潮涌动催生的全国人口大流动背景下应时出现的歌曲《常回家看看》等等，这些表现对家乡的思念、感悟，对父母养育之恩的真情抒发，又让《三月里的小雨》这首歌在青春情愫之外多了一些别人难以体会的意境，它又让我想到了童年家乡雨中的大地和故乡的小河，我的画面中六朝古都的清凉山和乌龙潭，在三月里的小雨中和家乡的大地河流统一起来了。当然，那时印象深的歌曲还有很多，如《校园的早晨》《脚印》《小路》《妈妈的吻》《垄上行》《大约在冬季》

等等。

《走过咖啡屋》是那个时期印象最深刻的另一首歌曲。咖啡很香,那时也是一个特别的新事物,在二十世纪八十年代的中国,那是改革开放和社会文明进步的文化表征之一啊。我平常喝咖啡不多,但精神上的咖啡和咖啡精神在心中留了下来,更何况是青春记忆之咖啡、人生幸福之咖啡。唱这首歌的台湾歌手千百惠好像还唱了另一首歌曲就是《想你的时候》,也特别好听。结婚初期我和妻子买过一盘千百惠的个人专辑(盒式磁带),后被刚上小学的儿子弄坏了。听说千百惠后来嫁到了北京并开了个茶馆,早早地退出娱乐圈,也是一个懂得生活的明白人。好像那时还有很多表达美好爱情的歌曲如《红河谷》《真的好想你》《南屏晚钟》《冬天里的一把火》等等。除了爱情歌曲,那时也有很多的歌是激励年轻人努力向上的,有劝你珍惜时间的,如《趁你还年轻》《金梭和银梭》等,有教育引导爱国的,如

《血染的风采》《望星空》《军港之夜》《明天会更好》等，有弘扬大爱和人间真情的，如《让世界充满爱》《爱的奉献》《渴望》等。

从《再回首》到《好汉歌》

从1990年左右到现在，时间跨度很大，但社会发展方向基本定型，我们这一代人的思想也逐步定型，工作压力也变大，这段时间好像因此反映社会变迁、感情强烈能引起共鸣而让人印象深的流行音乐的量总体下降了，所以我们把它作为一个阶段来回顾。《再回首》这首歌开始不觉得有多好听，歌中对过去美好的怀念和对未来的迷茫与坚定，实际上反映了社会上人们在改革进程中的心态波动。姜育恒之后有很多人唱，相信不同年龄段的人之所以喜欢，是因为有不同场景下的相同体验。面对伤痛与迷惑，在追问中才知道平平淡淡从从容容才是真，悲欢成过往，沧桑中我心依旧，原来这就是许多人追求的成熟。后来类似的歌曲，如《涛声依旧》《小芳》《后来》等表达的都是对从前的追忆与回顾，但都显得单薄了。

《好汉歌》是刘欢唱得比较好的一首，"路见不平一声吼，该出手时就出手"，反映了男人在社会上的担当，也说明社会上的创业环境很好，才能风风火火闯九州，所以不能简单地看成《水浒传》中绿林好汉的个人风采。这个阶段还有《历史的天空》《滚滚长江东逝水》《鸿雁》等有纵深感的歌曲。"兴亡谁人定啊，盛衰岂无凭啊，一页风云散啊，变幻了时空。聚散皆是缘啊，离合总关情啊，担当生前事啊，何计身后评，长江有意化作泪，长江有情起歌声"，《历史的天空》歌词写得太好了，它的首唱是毛阿敏，这是我喜欢的歌手之一，但我并没有把《历史的天空》放在本段的小标题上，不仅是时间跨度偏前，也因为前面两段小标题大多是用的女演员原唱的歌曲，所以这里我想用男演员的歌曲结尾以示平衡。其实不知什么原因相当长一段时间里，我倒是喜欢听女声的歌，因为记忆中女声能把优美的旋律唱得更好，而现在更喜欢听男声的歌曲，因为男声大多数会把歌词意境表达得更加淋漓尽致，如屠洪刚的《霸王别姬》《精忠报国》，韩磊的《向天再借五百年》。也可能是我在过去几十年中喜欢追求和保持欢快，不自觉地回避可能的伤感，只想小心体会藏在优美旋律后的隐隐忧伤，不愿更直接感受歌词传递的压抑。《好汉歌》的畅快也是我想在本文结束时送给读者朋友的。

从二十世纪二十年代到二十一世纪二十年代，从革命年代到新时代，一个世纪独一无二的歌声滋润了一个民族，每个中华儿女也都在这期间有自己印象深刻的、独一无二的记忆。

鼓楼之约

鼓楼是六朝古都、十朝都会南京这个城市的市中心,因有一座建于明洪武十五年的历史遗迹"鼓楼"而得名。四十多年前我从黄海之滨的乡村来到长江之畔的南京读大学,似乎就和"鼓楼"结下不解之缘。

鼓楼是我几十年来学习、工作、生活相对集中的地方。

学习生涯在鼓楼

我先后在南京中医学院、南京医学院一附院、南京大学三个地方学习,读了一个学士学位、两个硕士学位和一个博士学位，这三个单位都在鼓楼区，鼓楼区也因"鼓楼"而得名，可见我和"鼓楼"缘分多深。大学给了我知识、给了我成长的空间和最美好的回忆。

二十世纪八十年代初，我刚到南京读书，就被满城的法国梧桐树震撼到了，后来工作中才体会到，南京的法国梧桐树首先是政治的树，其次是文化的树，再次才是生态的树，法国梧桐树对南京的意义非同寻常。当我站在汉中门那有六百多年历史的明城墙面前，我感慨自己对这座古城的了解和认知是多么肤浅。但历史也给了我们这代人责任，作为曾经的八十年代新一辈，当时还不懂在国家的改革开放大潮中我们有多幸运，没有恢复高考哪有我们读大学的机会，自己并不明白"天之骄子"的历史分量。在南京中医学院的五年，是我们愉快学习成长的五年，当时学校的条件很艰苦，但我一点也不觉得苦，我有每月二十一元五角的助学金，生活基本够了，当时学校食堂一份小肉圆才八分钱，后来调到一角五分，有时候省下来的钱还可以买点衣服，那时刚刚改革开放，新街口铁管巷自由市场上一条藏青色的裤子也就八元钱。记得大学高年级时我和同学们经常在夜里翻校门出去，到汉中门广场食品摊子上吃面条、馄饨，价格多在一毛钱左右。

学校附近的清凉山、乌龙潭、五台山都留下了我们青春的欢声笑语。扫叶楼四季的静谧，清凉山春天的新绿，乌龙潭夏天的微波，五台山秋天的红叶，汉中门城墙上冬天的白雪，都是我们如诗岁月的美好回忆。大学毕业，临床工作两年后，我又考上研究生，江苏省中医院副院长许芝银老师又推荐我师从南京医学院附属医院的张忠邦教授学习甲状腺临床两年。张老是我国内分泌学科奠基人之一，张老和导师们都让我体会到什么是治学严谨，什么是悉心培养。那时我在南京中医院汉中门校区、江苏省中医院、江苏省人民医院之间经常来回奔跑，有时候在实验室一待就是一天，记得有年大年初一一大早就到动物房做实验，那时真的觉得好幸福啊。

工作成长经历在鼓楼

医学研究生毕业后我居然到了省级机关工作，在以经济建设为中心的历史浪潮中，我自然选择了再系统学习经济学，有幸师从著名经济学家——南京大学洪银兴教授。这一学，从经济学本科生主干课程学习，到第二个硕士及经济学博士就是前后十年，南京大学鼓楼校区的每个角落我几乎都无数次光顾过、停留过。从马克思的《资本论》到诺贝尔经济学奖得主名著选读，从经济学和工商管理专业的比较到就业应用前景的争论，这十年是我思维方式转变的关键时期，一边工作一边学习，日子过得很充实。

如果说鼓楼是个点，它代表南京市中心；如果说鼓楼是个地名，它代表鼓楼区；如果说鼓楼是个位置，它代表了鼓楼附近的区域；如果说它是南京的标志，那么它代表了南京；如果说南京是省会，那么相关区域都可以说和"鼓楼"有关。

我不仅学习阶段主要都在鼓楼，工作也基本上都和鼓楼有关。我曾经在江宁县中医院工作过，作为南京的郊县，当时的江宁只有一条不长的主街道，县城几乎没有大学生分配到那里，和现在的经济总量超过百分之八十的地级市的江宁完全是两个存在。研究生毕业后我到位于鼓楼西侧的中山北路上的省级机关工作，那时候没有公务员考试，到机关就是干部身份，这一干就是十多年；后来我在鼓楼东侧的位于北京东路的市委大院工作五年多，先后在政府任副秘书长和某局局长；后来又在南京核心区玄武区政府主持工作三年，要知道鼓楼广场一直是归玄武区管理而不是鼓楼区。

这期间曲钦岳、吴锡军、周尔辉等前辈的人品和工作态度给了我很大的影响，同时也为国家、为百姓做了一些事。

如我参与了国防教育、义务教育、献血、文化市场、科技成果转化等多部地方法规的制定。推动了玄武湖、中山陵景区的免费开放,筹办了以郑和为文化载体的中国航海节,为明城墙环境整治和多个部门的同志一起全程考察过几十公里的明城墙的情况。

主导了秦淮河北段和珍珠河标志性整治工程,如今人们无论是漫步在河边的步道,还是春天徜徉在樱花树下,或是愉快地在整洁的菜市场购物,作为曾经的建设者都是我最大的满足;还有居民小区的老楼加装电梯等等,主城核心区的生态修复和功能修补这一历史难题在我们手上破题了,并探索了全国认可的经验。

上级能看到的北京东路等大马路我们高标准完成了几十年一次的大修;上级看不到但老百姓很在乎的小街小巷,我们也精心设计整治;老百姓不太注意但从摩天大楼能看到的,影响城市形象、安全隐患集中的居民楼顶违章建筑，我们也自觉地克服难以想象的困难主动组织拆除了。

对上负责和对下负责结合起来，对当前负责和长远负责结合起来，这样的工作信念我们不仅说了，也努力地做了。

我曾经在苏南小城丹阳工作六年左右，也应该说和鼓楼有关。鼓楼附近有条在南京历史上有名的道路叫"丹凤街"，也在我家边上，天天走过。

丹阳即丹凤朝阳之意，我从未想过自己会从住着的丹凤街到丹阳工作，是不是可以解释为丹阳有我成长需要的工作锻炼的阳光？我回南京工作后，还曾支持组织编演过张恨水的同名小说改编的话剧《丹凤街》。两地除了地名上的机缘巧合，还有历史渊源。

南京是六朝古都，东吴、东晋、南朝宋、南朝齐、南朝梁、南朝陈六个朝代在历史上几乎不间断定都南京，在文化上破坏得少，积累得多，形成了一时的历史文明高地，而丹阳是齐梁两朝帝王的故里，先后有十二位皇帝驾崩后葬回丹阳，现在丹阳十二座帝王陵墓，都是全国重点文物保护单位。传说每年的清明节齐梁两朝皇室的后代们都要从秦淮河到丹阳祭祖。母校南京大学的老校长匡亚明也是丹阳人，这算不算缘分？丹阳眼镜产业和经济建设发展关键时期我也做了一些有益的工作。

刚到省级机关工作时，我还参加了江苏省扶贫驻泗洪县魏营乡工作队，在乡里整整住了一年，主持研究网箱养鱼、地膜花生、种羊场、种兔场等等，也学习了一些事情，但更重要的是培养了和基层人民群众的感情，对我形成实事求是的工作作风影响很大。如果我不在"鼓楼"上班，估计后来也不会去泗洪工作的。

常常有人问我，你读到医学研究生毕业改行到政府做管理工作，是不是太可惜了？是的，学医很好，学医也不易，我只能说命运的安排就是最好的安排，何况我也有管理岗位需要的经济学硕士和经济学博士学位，当然，学什么用什么是幸福的。医学教育是精英教育，医学是社会基础需求，学医队伍也相对庞大，和教师队伍一样有些人溢出改行也是正常的。当然，也有很多学医出身的人改行后成了历史的功臣和当代的名人。近代有"不为良医，则为良相"的孙中山；有"俯首甘为孺子牛"的鲁迅；歌唱演员罗大佑是学医的；当代作家余华、冯唐等都是医生出身。这是不是佐证了医学是精英教育？我自知不能和他们相比，只是想说明学医改行并不奇怪，就我而言，又回到医疗界也是一种巧合或某种必然。

几十年来我在乡镇、县里、市里和省级机关都工作过；当过秘书，用过秘书，也当过秘书长；苏南干过，苏北干过，还在连云港东海县挂职过副县长。

特别是在我人生最后的工作一站，我又有幸回到了医疗界，到百年老院南京鼓楼医院工作，以公立医院职业化管理者的身份为医疗做点贡献，而它又是南京大学医学院的附属医院，这是不是命运的安排？这期间我和同事们带领大家对标找差、创新实干；重塑目标、重塑机制、重塑文化；全院上下卸下历史包袱，"闻鼓起舞，击鼓上楼"的进取精神深入人心，短短几年基本跟上了时代的步伐，在大家的努力下医院发生了喜人的巨变。

几十年生活在鼓楼

我一直生活在鼓楼，也是一个惊人的发现。在南京住过爱人单位宿舍、省级机关宿舍、单位自建房等，有的在鼓楼向南的中轴线上，有的在鼓楼区，有的则在鼓楼附近，后来搬家也都不是在中轴线上就是在鼓楼附近，是不是巧合？但这至少加深了我对鼓楼的感情以及我对鼓楼的理解。

当然，我也时常想起那个"盐之有味"之城的故乡，那个海边"东方之高台"下的田野，还有村里的长寿路、博士桥。特别是"先天下之忧而忧，后天下之乐而乐"的范仲淹修建的，连着故乡和苏南的千年海堤（现 205 国道），说它是我和鼓楼的缘线也是可以的吧，那可是当年来南京上学走过的路。

"闻鼓起舞，击鼓上楼"。有鼓之楼，是历史的鼓，是时代的鼓，也是未来的鼓；是学习的楼，是工作的楼，是生活的楼。祖国的大地上有许许多多的"鼓楼"，是不是可以说它们都是民族复兴的精神符号。

开花的季节

花开各有早晚,或春秋,或冬夏

"野百合也有春天",说的是不起眼的野百合虽卑微,但也有它灿烂的时候,春天的百花园里也有野百合开放的身影。

"野芦苇也有秋天",则讲的是不同的花儿它耀眼的季节不一样,春天没开花,不等于它不会开花,秋天芦苇开花的时候,也有魅力,也很灿烂,它也是一个季节的主角之一。

植物开花是自然界的正常现象,在春天的时光里花儿集中地开放,所以人们常常认为春天才是开花的季节。其实一年四季都有花儿盛开，天天都是可以开花的日子。

花儿是环境的产物，同一大种类花儿在不同的环境下也会形成不同的小品种，也就是说不同的环境会进化出不同的基因。所以，我们观察花儿开放的情况，要看隐藏在其中的基因所蕴含着的信息密码。

花儿开放这一闪亮的现象，是植物遗传的需要，开什么样的花，决定它什么时候开花，无疑是由它在大自然中进化形成的遗传信息决定的，进化形成的密码都含在 DNA 中。

温度是密码，或高山，或平原

人们掌握了农作物的开花季节就掌握了播种的农时。油菜在春天三四月份开花，大豆、玉米在初夏六月到七月开花，向日葵在八月份前后开花，晚水稻则要九月份才开花。农民还可以根据农作物开花时间来进行多种农作物的套种，如麦地里套种蚕豆，麦子先开花成熟，麦子收割后蚕豆果实生长，从而充分利用土地，能打出更多粮食。

与农作物不同，枣树、银杏、水葫芦、蒲公英等，这些中国大地上古老的植物品种，都会在春夏季开花。它们的花儿开启的更多是乡愁，因为现代社会这个季节人们大都不在家外出工作了；而城里人常常见到的开了花的百合花、玫瑰花、康乃馨、水仙花等，感到的则更多是生活满满的幸福。

植物是否要开花，是通过感知环境的温度如何来知道是否适合开花的。同一品种植物在不同地区的开花时间也是不一样的，相同的是开花的环境温度是一样的。

所以，人们见到了祖国大地由南向北随着温度的变化而油菜花依次开放的景象，从而也引导人们跨地区追花来提前体验春天到来的气息。

人们也根据这一基本原理，利用特有的小气候，如平均温度高是海南、云南等地的自然优势，可以向全国全球大量贡献鲜花，或创造特有的小气候来种植花卉，如随处可见的温室花房，可以提供错季的鲜花。

花开也有特别，或浓淡，或作别

花儿开放的季节，一方面给人类带来了极美的享受和丰富的果实；另一方面，是植物的花儿需要吸引虫子来授粉，其花儿的吸引力大致是由香味和色彩共同组成的。

人们喜欢不同的花色，也喜欢不同的香味。

大概浅色的花儿相对而言香味浓一点，如白色的栀子花、白兰花。

深色的花香味则要淡一点，如红玫瑰、凌霄花，并不是特别香。

颜色又深又香的花儿，其花期则要短一点，

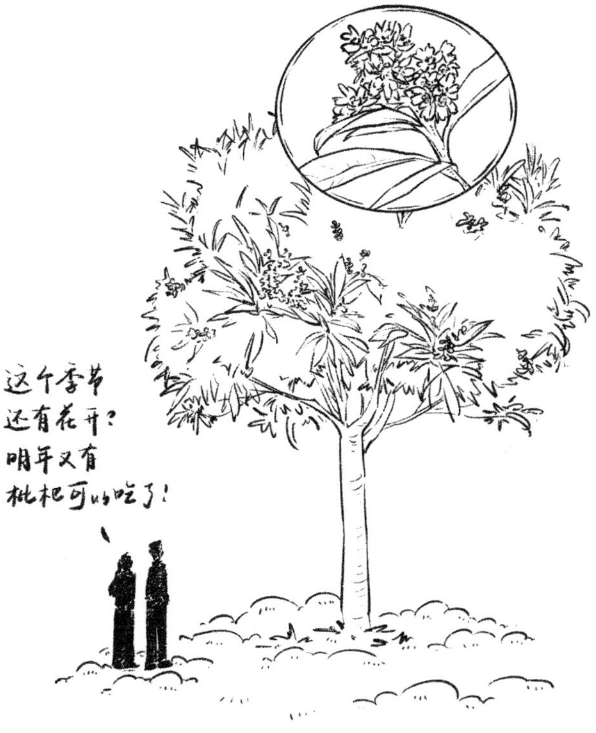
这个季节
还有花开？
明年又有
枇杷可以吃了！

如欧洲月季等。

这是不是说明不同的花儿的吸引力总体来说是平衡的，或者说自然界的"上帝"对花儿也是公平的？

有的花儿一年开一次，有的花儿一年开多次，物以稀为贵，一年开一次的花儿一般比开多次的花儿珍贵，如金桂、丹桂要比四季桂更受人追捧。

这是不是说明人类社会的规则对自然界的花儿也是公平的？

有的花儿一生只开一次，花儿开过之后就是死亡。如竹子一般数十年甚至上百年开一次花，开过花之后竹子的生命周期也就结束了，还有如山地玫瑰、观音莲、苔藓等，一般也不开花，但开花即死亡。这些植物可以说是用生命在开花，开花耗尽了它最后的营养，它用最后的灿烂为植物留种，向世界告别，显得很悲壮。

人生如花开，或早晚，或长短

自古以来，人们对花儿的情感体验总是那么丰富，那么强烈。如"去年今日此门中，人面桃花相映红。人面不知何处去，桃花依旧笑春风"。"年年岁岁花相似，岁岁年年人不同"，说的是情况和环境变化后物是人非的感慨。人们不自觉地总是拿花比喻人生。确实，花开给了人们太多的共情和启迪。

有的花它的开花期特别长，正如人的一生也可以更多地发光。

如月季，只要在零上8度就会一直开花，紫薇的花期则长达四个月，民间也称之为"百日红"。

现实社会中，有的人其工作周期、创造周期、奋斗周期就特别长。

如华西村的吴仁宝，他年轻时刚参加工作，

挖第一锹土时就立志这一辈子要干到八十五岁，结果他果然干到了八十五岁，将华西村做成了华夏第一村，创造了惊人的奇迹。

反观有的人，刚工作没多长时间就缺乏努力的方向感，就想着躺平，什么也不想做；有的人则算着五十五岁要退休，刚刚五十岁的大好年龄，就开始要"刀枪入库"丧失斗志了，这样的情况花期如此之短，甚至未见花开，既有制度的原因，是不是也有个体的原因？

正如有的植物花儿开得晚一样，每个人"开花"的时间也是不一样的。有的孩子顽皮一点，不爱学习，但当他静下心的时候比谁都学习要好；有的人因客观原因耽误，不等条件成熟，"开花"的温度到了，也会盛放出美丽的花朵。有的人一生平淡，但始终不停止学习，不停止思考，不停止努力，终成大器，做出的贡献他人只能望其项背。

花儿开放的季节不同，是长期不断进化的结

果,人类也一样,只要不放弃,不断修炼,人思想的"基因"也会慢慢地进化,最终也会"开花"。

我工作中熟悉的一位农民出身的企业家,他大半生都在乡镇的水利站工作,制作一些涵洞、滚水、滴坝等水泥预制品,但他在五十六岁那年开始,决定做汽车零部件产业,他公司生产的汽车空调散热器被很多国内外知名品牌汽车使用,现在年营业额达四十多亿元,不能不说是个奇迹。更令人佩服的是,因工作需要小学都没有毕业的他,从此还学会了简单但管用的英语对话,学会了常见的办公电脑操作,学会了汽车驾驶。他这样的花儿开得很晚,开得也极其灿烂啊。

人生如花,总要灿烂一下的,只是每个人开花的季节不一样,人生"开花"的标准也是各不相同的。可以是生活上的,可以是工作上的,可以是创造上的,可以是思想上的。

有的人活得通透,与人相处圆融和谐,人见

人爱；有的人思想格局的"天眼"开了，遇事总是具有战略思维，工作中能对团体起到引领作用；有的人淡泊名利，平时默默无闻，一辈子就潜心钻研一件事情，"众里寻他千百度。蓦然回首，那人却在，灯火阑珊处"。有的人久经沙场，百炼成钢，他胸前的千疮百孔就是他盛开的花儿；有的人追求真善美，他的花儿开在他的心中；有的人敢于担当，善作善成，他胸口的奖牌就是他开的花儿。

也有的时候，人们不顾DNA基因信息差异，在孩子教育的路上追求"花儿"早熟，把极端情况当成普遍规律，那些早开的"花儿"，事实上能成大器的比例很小，正如用激素催出来的盆景花，花期大都很短。

花开了香溢出

有的不是花，但它给了人们花的享受，人们

给了它花的赞美。例如，有些藏于矿石中结晶形成的各种美丽的花，它的花形成很早，花期很长；有些树不是花树，但它的叶子可以变换颜色，和花一样美丽，像倒挂金钟、红枫、银杏在发挥树的绿化作用的同时，也增加了空间的色彩。有的植物的叶子，色彩斑驳，深浅老嫩有序，或被虫子咬食形成规则的洞眼，酷似花儿，给人另一种启示和感动。这些花是什么时候开花的，没有人知道，也没有人关注，只知道它们一直都在，一直都很美。

花儿太美了，千姿百态，以致于人们用很多精力研究它，并把它画出来，那些著名画家们的一幅工笔花鸟画经常拍出天价，用各种材料做的仿生画也都比真正的自然的花儿贵出很多。不仅是养花种花，由花儿到树，再到凝固的花、艺术的花，花儿的美溢出价值越来越高，花儿也因此养活了太多的人。

各地的自然条件不同，本土的特色花卉也不

一样，开花的季节也各不相同，所以各地都有自己的标志性花儿，或梅花，或牡丹，或玉兰，或木棉，或月季等等，它们都有各自的特色和寓意，似乎每种花和每朵花都有自己的故事，这些花的基因，也就成了城市文化基因的一部分，每当市花盛开时，总是城市客满日，各地的市花成了城市的象征和城市的无形资产。

花儿在属于自己的季节盛开的时候，或多种花儿集中开放而百花争艳，或少数品种开放而扮靓了季节，或独自开放而拨动了人们的心弦。人类也是自然之子，在社会进步潮流的适应中，不应只是欣赏鲜花，还要敬重花儿的可贵精神，进化出无愧于时代、无愧于自己的"开花基因"，坚信总有一块土地的温度适合自己，或总有一个季节属于自己。